フォークナー、もう一つの楽しみ

――短編名作を読む

池内正直

おかあさんの楽しいピアノ
―はじめての小品集―

第三版

まえがき

ウィリアム・フォークナーの作品は難解なため、今日それを愛読する人は多くない。というよりむしろ、フォークナーどころか、「今や、若者は世界文学がどころか、そもそも本をあまり読まなくなっている（清水義範『世界文学必勝法』）」ことも否定できない。なにしろ、「ガイブン読者三千人（陣野俊史）」という言い方もある昨今である。

だが、教室やゼミで、フォークナーやヘミングウェイ、カーヴァーなどの短編の翻訳作品を丁寧に読んでみると、今日の若者たちも、ときには驚くほどおもしろく読み取ったり、示唆するところの多い洞察を示すことがあったりする。そんなとき、〈フォークナーや現代の（外国文学の）作家たちの作品も、読み方によっては、そう縁遠いものではないのかもしれない〉と、思われるのである。

本書は、フォークナーの短編を教室で学生諸君と一緒に読んだ集積と、それらにもとづいて筆者が発展させることのできた考察を、留めてみることにしたものである。そして、ことさら文学部に属しているわけではない一般学生とか、文学にあまり縁のない社会人でも、フォークナーをもう少し身近に親しむことができればという思いから、この作家の作品を楽しむという姿勢で、論を進めてみた。

なお、本書でもっとも強く意識し問題にしたことは、(古今の文学作品の多くにも共通することだが) 作者が書いたり語ったりしている途中で、その後の展開や結末をわざと「言い落とし」て「空白」にしたまま、読者の推理や想像に委ねる場面が多いという一点である。いわば読者を「宙吊り」にするような場面である。この本では、そのような箇所の意味やおもしろさについて考え、さらには、それらの「空白」を補う実践を試みることによって、作品を楽しむもう一つの手がかりにしたいと思っている。

本書の序章では、まず右の「言い落とし」による「空白」の意味とおもしろさについて、古今東西の文学の一端に触れながら、総括的に考えてみた。その後、第二章から第六章までは、フォークナーに親しみ楽しむために最適で、しかも翻訳書も入手しやすいと思われる代表的な作品を、五編に限って取りあげた。作品のタイトルは、目次に掲げるとおりであるが、どの章から読んでいただいてもよいだろう。

フォークナー文学の正統的、本格的な研究は、海外でも国内でも、まことに充実していて、すぐれた研究書は枚挙にいとまがない。それらのことを思うと、本書は、フォークナーの世界をごく小さなすき間から覗いただけのものにすぎない。ただ、これが、このような観点からであれ、どのような角度からであれ、若い読者の方々が、この作家を始め内外の文学作品に親しみ、やがていっそう豊かな精神性を培っていくための、ささやかなきっかけになってくれればと願っている。

フォークナー、もう一つの楽しみ／目次

序章

フォークナーと現代の文学

――読者「宙吊り」の「空白部」と、その「補完」の試み――

〔一〕フォークナーと読者—その現況

フォークナーの作品は、今日多数の読者に親しまれ愛読されているとは言いがたい。その最大の原因は、文章の語句や意味の難解さにあると言ってよいだろう。そのほかにも様ざまの理由があろうが、その一つに、作者が意図的に「言い落とし」や「曖昧」表現を用いて、「空白部」を仕立てることにより、読者が「宙吊り」にされたり、放置されたりすることによって、読者のほうもフォークナー離れをすることがあるのかもしれない。本章では特にこの一点に焦点を当て、同じような特質をもった内外の作品の幾つかの例にも触れてみたい。従来は読者があまり深追いせずに済ませてきた、読者「宙吊り」の箇所にいささかこだわって、できればその「空白部」を楽しみながら読んでいく試みもしてみたい。それによって、フォークナー作品についても従来とは別の観点から、意外なおもしろさを見出すことができるかもしれないと思いながら。

一・ハードル（1）—難解

この作家の作品が、あまり読まれていない大きな原因は、前述のとおり文章表現が複雑で難解過ぎるからであろう。まず第一に語彙が豊富で多様であり、時には哲学書かと思い惑わされるような語が使われている。また、作者や登場人物独自の造語が用いられたり、アメリカ南部の田舎の農夫や商人や黒人を始め、様ざまの人種や階級の人々の訛りや方言が頻繁に使われているため、複雑雑多で読みにくい。第二に文章や表現の面では、言葉が言葉をたぐり寄せ、一つの単語を修飾する語句や関係詞節が、止まるところを知らないほど連なっていく。特に、否定語、同格語、複数の修飾語、比較表現、言い替え表現を多用することによって（ブンセルメイヤー、四二五）、文章は異常に長く混沌としたものになる。ときには数ページから一〇ページ以上にわたって、ピリオドのない文章が呪文のように続く（特に『行け、モーセ』と『アブサロム、アブサロム！』）。

第三に、登場人物の性格が複雑、異常であることから生じる語彙や文の難解さもある。ときには『響きと怒り』のクエンティンに代表されるような、熱にうなされた人物のモノログのような独自な表現がある。ここでは「学校文法」の知識ではついていけないことがしばしば起こる。また仮りに、英語の第一義的な読みはできた場合でも、文の内容について意味を理解したとはとても思えないのである。さらに、技法の面では、「意識の流れ」の手法や、時間が複雑にからみ合ったり、別立ての物語が同時に進行したりするといった構成を始めとして、使われている多様な表現方法に当惑し馴染めない場合も多い。また、舞台背景や扱われている主題が、現代の私たちにはほとんど関わりがなくて、共感をもてないという場合もあるだろう。

こうして、フォークナーを読むためには、何重ものハードルを越えなければならない。これらの難関を越えるには、ただ我慢して時間をかけて読み慣れていく以外の手立てはないだろう。じっと息を詰めて読んで、作品のもつ息づかいのようなものが、聞こえてくるまで読むことしかないであろう。これについては、内田樹が、木田元や村上春樹の体験を引きながら、内田自身のレヴィナス（哲学者）の翻訳体験を述べる次の一節が、フォークナーの読者にも勇気を与えてくれるように思われるので引用してみたい。

はじめてレヴィナスを読んだとき、あまりに難解で何を言っているのかまったくわからなかった。もう一行とて理解できない。しかし、一行も理解できないにもかかわらずここには大事なことが書いてあるということだけはわかる。だから毎日何ページかずつ読む。

まったくわからないまま二週間ぐらい読んでいくと、不思議なことに次にどういうフレーズがくるかがわかる。あるいは、「この文章は否定疑問文でおわるのではないか」「そろそろ句点が打たれて…」という呼吸がわかってくる。…グッと力んでいる「聞かせどころ」がわかる。こんなふうに、声の物質性みたいなものが身体になじんできたあとに、はじめて「意味」がわかるようになる。

読みながら「次はこんなことを言うのではないか」と思ったときに、それがピタッとはまると、「あ、やっぱり言った」と感動する。そのときはじめてブレークスルーが起きるのです。そのときにレヴィナスの思考回路に瞬間的に同調したわけです。理解するというのはなによりもまず身体的に「同調する」ということだとぼくは思います。（内田、二〇〇四、七八―九）

難解なフォークナーを読むには、人生で許された時間が限られていると思うことがしばしばあるが、この内田スピリットは、そんな気迷いを幾分なりか、取り除いてくれるのではないだろうか。

二．ハードル（2）——謎や曖昧

一方またこの作家は、文章が曖昧であったり、謎が謎のまま放置されたりして、読者の精神に消化不良を起こすような場面が多過ぎて、敬遠されることも少なくないと思われる。語り続け書き進めるのを「言い落とし」て、中断したり、説明を飛躍したりして、読者を意図的に焦らせているのではないかと思わせることがしばしばある。だがしかし、そのような説明不足や「言い落とし」による「空白」の箇所には、かえって自由で多様な読みや解釈が許されるのではないだろうか。そこにはむしろ、一層の豊穣を生むようなものが、秘められてはいないだろうか。また、読者が戸惑ったり、「宙吊り」にされたりするような箇所では、それらを逆手に取って、楽しくおもしろく読む方法もあるのではないだろうか。

そこでまず、ここで言う「言い落とし」とか、読者を「宙吊り」にするとかといった場面について、具体的な例をフォークナーの短編のなかから考えてみよう。第一にあげたいものは、「エミリーへの薔薇」からで、真昼間から堂々と逢引を重ねて顰蹙を買っているエミリーに、町の女性たちがバプティストの牧師を送り、注意を促したあとの一節がそれである。すなわち、牧師は「両者の面会の折に生じたことを決して明かそうとしなかった。だが二度とその家へ行こうとはしなかった（一二六）」という箇所である。これだけの説明では、エミリーの家で二人の間にどんな会話が交わされたか、読者にはまったくわからない（だが、いったいどんなことが起こったか、気になるところではある)。そして語り手は、作品の最後にいたるまで、その具体的なありさまについてはいっさい述べていない。

もう一例をあげると、「乾燥の九月」のなかで、パーティー会場で中心人物の一人ミニーが、「ある晩若い同級生同士の男女が話をしているのを聞いた。それ以後彼女はいっさいの招待に応じなくなった(一七四)」と語られるところに見られる。この場面の「若者たちの話」の内容について、おそらく具体的に承知しているはずの語り手(あるいは作者)にせよ誰にせよ、ことさら言及する者はまったくいない。ここでも読者は、「宙吊り」にされたまま放置される。読者の歯がゆい気持ちを解消してくれるものはどこにも見当たらない。

だとすれば、この二つの場面の「空白」の部分の「補完」については、読者が自由に想像しフィクションを創造し、元の作品を膨らまして楽しんでみる勝手も、ときには許されてよいだろう。実際、これが作品のもう一つの生産的な仕掛けであり、またそれによって読書の快楽を享受することができるということについては、このあとの第四節で「補完」の試みの例をあげながら論じたいので、ここではあとの〔注〕で、参照箇所を示すだけに留めておきたい。(1)

このように、作品の一部(または全体)が曖昧であることによって、全体的に中途半端に思えたり、完結していないように見えたりする作品とか、物語の顛末や最終判断を読者に委ねることにより消化不良に思えるような作品は、実は洋の東西を問わず。遠い昔からあったことである。以下では、このような特質がフォークナーだけのものではないことを、内外の作品の幾つかで示し、さらに「言い落とし」とか読者を「宙吊り」にする表現と、読者の側の想像と創造による

「補完」の問題についても、もう少し考えてみよう。なお、難解とか曖昧といった問題は文学だけでなく、絵画、彫刻、写真、あるいは音楽や思想にまで及ぶはずである。だがここでは、話題を文学に限ることにする。

〔二〕文学作品のなかの「謎」――作品のなかの曖昧さ、空白部

一・日本の古来のものから

日本の文芸作品のなかでも、曖昧さや不可解さがいつまでも心に残るものは、数えあげればきりがないだろう。例えば、日本最初の物語文学『竹取物語』のかぐや姫は、天上で犯した罪のために地上に遣わせられたとのことである。だが、姫がはたしてどんなことをしたかということについては、いっさい説明がない。読者としては言っておいて欲しかったことが、「言い落とされ」ているのである。

『源氏物語』にも、「輝く日の宮」という幻の一帖が存在したとか、題だけで終わっている一帖のこととか、作者が複数いたとか、様ざまの「謎」が秘められ、仕組まれていることも、周知のとおりである（これについては、本章の「空白の意味」を考える第三節で、もっと詳しく触れる

つもりである)。

さらに、『万葉集』以来数多くの和歌集や古典の読み方も、多様なまま、「謎」のまま、今日にいたっている。例えば、『新古今』の歌人たちは、「言葉の曖昧性、ないし多義性を存分に利用し、…伝統的技法を極度に複雑化することに腕を競ひあった〈丸谷、二〇〇五、二二三〉」のだから。従って、作品のいたるところに二重三重の意味が込められ、一層の難解性を帯びることになる。多様な解釈をされたり、想定外の読みをされたりするのも当然のことになる。リンボウ〈林望〉先生のエッセイの所々に散りばめられた、いささかアタマのカタイ学者の解釈に異を唱えた次のような類いの章句も、そんな事情をよく示したものと言ってよい。〈多少なりとも恋というものを知る者として、またいくらかは「恋文文芸」のあれこれを研究してみた者として、私はそういう読み方に賛成しない〈林、一七三〉〉といったような。

そして、日本の文芸のなかで「言い落とし」の「謎」を示す端的な例は、芥川龍之介の「藪の中」である。この作品名は、「曖昧」、「謎」、「迷宮入り」などのメタファーになっているほどである。この作品では、旅の途中で若い侍が殺され、四人の目撃者の証言が語られる。そのなかで下手人として三人の被疑者があげられる。しかも、被疑者のうちの三人目は侍自身であって、巫女の口を借りた証言によれば、彼自身は「自殺した」というのである。だが作品の終わりにいたっても、三人のうちで真犯人は誰なのか、いっさいの結論は出されていない。その手がかりも皆無のまま、事件は藪の中に葬り去られる。読者は、「宙吊り」にされたままで放置されるのである(もっとも芥川の意に反して、法医学という科学的観点からある人物を犯人と特定する書物も

近年書かれているが)。(2)

二・西洋のものから

西洋の文学でも、読者に多様な解釈を許容し、様ざまの疑念を抱かせ、読者を「宙吊り」にするような実例にこと欠かない。近年そのような問題を取りあげたピエール・バイヤールは、『アクロイドを殺したのはだれか』のなかで、アガサ・クリスティの『アクロイド殺害事件』の真犯人は、はたして名探偵ポワロの解明したとおり(○○手の○師)でよいのか、という疑問を提示して(ミステリー好きの)読書家たちの意表をついた。そのなかで、著者は豊富な読書と学識を背景に、アクロイド殺害の犯人について、新たに説得力に富んだ別解を示してみせている。

この著者は、そのほかにも従来の〈定説〉に再検討を迫るような、種々の問題を展開している。まず、オエディプス王は、フロイトの言うような〈父親殺しの下手人〉だったとは断定はできないのではないか、というお馴染みの議論から始めて(一三七)、ほかの様ざまの古典の従来の読み方や結論に対する新たな疑問を提示する。そして作品の「曖昧さ」や「言い落とし」に対する従来の態度について、別の観点からの解釈や「補完」を促している。例えば、ボヴァリー夫人は不倫の果てに、自殺したことになっているが、〈殺された〉可能性は皆無なのか。また椿姫の死が自然死ということは、それほどたしかなことか、といったふうに。

さらにまた、ラクロの『危険な関係』のメルトゥイユ夫人は、オランダに逃亡したあと、その後どうなっただろうか。ひょっとしたら、ほかの解釈や想像が可能なのではないか、と問いかけている（一二）。また『異邦人』のなかで、絞首刑で死んだはずの語り手が、〈刑の執行の瞬間までの〉手記を残すことがどうして可能だったのかという議論を含め、現代の作品についても、二〇世紀後半を風靡したフランス、アメリカの批評家たちの所論を引いたり援用したりしながら、「言い落とされ」ている情報を、読者が「再考」、あるいは「補完」することが出来るのではないかと論じている。

三．現代の諸作品から——日本の小説

現代の日本の作品でも、桐野夏生の『柔らかな頬』は、幼児失踪事件のミステリーを扱ったものだが、謎は最後まで解かれないままで終わる。誘拐犯らしい人物のメドは、作品の最後で三人の人物の三様の推理をとおして暗示される。だが、どの推理も正しいように思えて、決着の手がかりは皆無なのである。最終的な決論は読者に委ねられている。また、「東電ＯＬ殺人事件」の解明本とも言われる、『グロテスク』でも、女性を殺した犯人についての結論はない。あるのは、女性主人公の内面に対する、悪意の込もったと思えるほどの真迫の分析である。『残虐記』も、（長年幽閉されていた）事件の当事者の女性は途中から姿を消し、本当にあったことは謎のままである。

同様に物語の決着が曖昧で、読者が「宙吊り」にされる作品に、北陸の都市の名家の大量殺人事件を扱った恩田陸著『ユージニア』がある。これは、フォークナーの『アブサロム』のように、過去の事件とそれについて書かれた一冊の本の真相をめぐって、もう一度物語が仕立てられ

ていく作品である。ここでは、真犯人と思われる人物は、何人かの人物の観点をとおして明かされている。だがその人物の抱いていた動機や殺害の方法については、語り切られないまま曖昧に終わっている。読者は、歯がゆい思いを抑えることができない。あるいは同じ作者の『黄昏の百合の骨』や、『夏の名残の薔薇』などでも、作中のいたるところで、読者を「宙吊り」にしている（ただ二〇〇五年本屋大賞の『夜のピクニック』は、手法や主題がまったく異なり、すべて明解で、その年担当のゼミ生たちにも、たいへん人気のあった作品だった。「むしろ、高校生のときに読んでおきたかった」と。ただ、『検視官』等のパトリシア・コーンウェルや『報復』のジリアン・ホフマンなど、おどろおどろしいミステリーが好きな学生たちには、物足りないようだったが）。

テキストの一部や結末が曖昧で、読者を戸惑わせるような作品は、推理小説だけに限らない。日本の現代作家の作品でも、川上弘美の『センセイの鞄』や『古物商　中野商店』も、小川洋子の『博士の愛した数式』や『ブラフマンの埋葬』も、あるいは村上春樹の諸作品も、バイヤールの言葉を借りれば、「すべてを語ってもらってはいないという不快な印象をいだく（一二―一三）」ような仕立てになっている。実際、センセイとツキコさんが住んでいる町や一緒に行った島や八の日に立つ市は、果たして日本のどのあたりにあるのだろうか。ブラフマンという動物は、リスでもカワウソでもテンでもない。いったいどのような生き物なのか、テンで見当がつかない。

村上春樹の作品では、「納屋を焼く」というフォークナーの短編の題名に似た作品のなかで、妙な男が（納屋を焼いた）と言っているが、それがどんな意味なのかわからない。また作中にフォークナーを読んでいる人物が出てきたりするが、いったいそのこととフォークナーの作品との関連はどうなっているのだろうか。(3) 『海辺のカフカ』でも、なぜ「悪の化身のような存在としてナカタさんと対照的な人物がジョニー・ウォーカーでなくてはならなかったのか(鈴村和成、一一九)」。あるいはまた、日本のいろんな固有名詞がカタカナで書かれているのはなぜだろうか。

直木賞作家の江國香織の作品の魅力もこのような特質と関係があるようで、翻訳家の岸本佐知子は、『号泣する準備はできていた』の手法をこんなふうに賞賛している。〈何というか「寸止め感」がよかった。グーッと読ませておいて核心に触れる一歩手前でプツッと終わる。…途中をポンと切り抜いてもってきたような感じ〉と。これらの作品に比べると、最後に痛快で物凄いどんでん返しの結末が待っている『葉桜の季節に君を思うということ』(歌野晶午、二〇〇四年「このミステリーがすごい」第一位)は、はるかにすっきりしている。あるいはまた、先年芥川賞を取った金原ひとみの『蛇にピアス』は、かなり読み易い。それと言うのも、読者に疑問を抱かせるような「空白」や「言い落とし」といったようなものがないために、読んでいる最中の抵抗感が少なめに仕上げられているためなのだろう。

四．現代の諸作品から——アメリカの小説

英米の現代作家の作品のなかからも、同様の曖昧さや謎をもった作品をあげてみよう。レイモンド・カーヴァーの作品はその典型であろう。「ダンスしませんか」のなかで、語り手の女性が

ガレージセールのオジサンに会ったあと、そのことを「いろんな人に話し続けた。…でも、言いたいことがうまく伝わらなかった。どうにか伝えようとしたのだが（一〇）」と言う。ここで、彼女はどんなことを言いたかったのだろう。またその後、彼女とボーイフレンドの仲はどうなっただろうか。一方、そのオジサンはその後どうなっただろうか。作者や語り手による説明は皆無である。先のバイヤールでなくても、一言不服を言ってみたくなるだろう。

「大聖堂」という名作に、語り手の妻が盲人の友人を連れて家に帰ってくるシーンで、二人が大声で笑っている場面がある。〈いったい彼らはどんな話をして、笑ったのだろう?〉と思う読者は少なくないだろう。「ささやかだけれど、良いこと」という作品の最後で、パン屋が「中年のころ彼を襲った疑いの念と無力感について語った」と書かれているが、その具体的な内容はどんなものだったのだろうか（これらの場面で「言い落され」た会話や語りについて、〔あるいはその他の様々の場面の曖昧さや謎についても〕、学生たちが試みに想像し「補完」した具体例については、本章ののちの項目、「四．空白を埋める試み」の箇所で示してみたい）。

その他、トバイアス・ウルフ編『ヴィンテージ版今日のアメリカ短編集』に収められた作品群にも同様の疑問や奇問（?）を呈したい箇所がよくある。リチャード・フォードの「ロックスプリングス」のなかで、「僕は何かに怯えていた」とあるが、その「何か」とは具体的には何だろうか。また一緒に旅をしている彼女が過去の行為を悔やんで落ち込んでいる場面で、励ましにも忠告にもならないことを言って、却って彼女を不機嫌にしている箇所がある。そこで語り手は「ほかに何と言えばよかったんだろうか（一六九）」と戸惑っている。彼はそう言うだけで、何ら解決のための試みはしていない。が、読者のなかには〈ではいったい何と言えばいいのか〉ということを、「補完」してみたくなる人もあるだろう（その試みについても、このあとの「四．空白を埋める試み」のところでその一部を検討してみよう）。

また同じ短編集の「ロマンテイックな週末」（メアリー・ゲィツキル）には、目に入った団地の建物が「思いつく限り最低の色（一九三）」という一節があるが、それがどんな色なのかは語られていない。このように、作品のなかに「空白」を残したままで過ぎている作品は、枚挙にいとまがない。そのことは、三八編の有名な世界文学の作中に見られる、曖昧さ、欠落、矛盾といったことを指摘した、『現代小説３８の謎』などというタイトルで、内容も実に興味深い本（ジョン・サザーランド、一九九八）が存在することからも、想像に難くないであろう。

〔三〕空白部分のもつ意味

一．『源氏物語』の場合

『源氏物語』の「輝く日の宮」という幻の一帖の存在は、丸谷才一の小説『輝く日の宮』（二〇〇三）によって広く知られるようになった。作者はその作品のなかで、主人公の国文学を専攻する若い女性に、この一帖が削除された謎を解明させている。それによれば、欠帖の首謀者は藤原道長であり、その理由は、第一にその一帖にいささかの欠陥があったことであり、第二に余白の効果を生むためだったというのである。彼女は、その第二の点について、作中の道長にこう言わせている。

すべてすぐれた典籍が崇められ、讃へられつづけるためには、大きな謎をしつらへて世々の学者たちをいつまでも騒がせなければならない。惑はせなければならない。たとへば、あの孔子の言行録のやうに、前後の説明を添へず、わざときれぎれにして。

（傍線引用者、丸谷、二〇〇三、四二三）

ここで「謎」と言われている語は、本稿でここまで述べてきた言い方をすれば、「曖昧」、「言い落とし」、あるいは読者を「宙吊り」にする「空白」の箇所、といった語句に相当すると言ってよいだろう。

丸谷才一は、このような「謎」が生む味わいについて、文学ばかりでなく絵画の読み方に関連しても同様のことを述べている。すなわち、「手紙と女」を主題にした絵について、

〔三人の侍女ら〕の表情を見れば、手紙にどんなことが書いてあるかはある程度…いやわかるのはせいぜい…。知りたいのに詳しくはわからない。じりじりする。そしてこのへんのもどか

しい感じがじつにいい。…なぜ侍女（あるいは召使）が必要なのか。彼女は恋の軍師であると同時に、また、われわれ絵を見る者が放ったスパイでもあるのだ。いわば社会の代表として、至近の距離から女主人公の色事を見まもっているのだ。

（傍線引用者、丸谷、二〇〇〇、一〇六－八）

「謎」や「曖昧」なところが、絵を見る者の想像力を大きく刺激し、その「もどかしい感じ」が、絵を見る喜びを増幅してくれるというのである。

『源氏物語』の「空白の謎」は、丸谷才一の名作を生んだだけではない。同じ二〇〇三年、同じ欠帖の問題を別の角度から迫った、『千年の黙』（森谷明子）という精巧に仕上げられた作品を生んでいる（その年の鮎川哲也賞を受賞）。この作品では、謎の一帖の欠落の原因を、丸谷版とは異なり、「藤氏を二流に、源氏を一流に（森谷、二一八四）」扱ったことに対する、道長の憤りのせいにしている。なお、この森谷作品は、『源氏』のなかで題名だけしか存在しない「雲隠」の帖の「謎」にも迫っている。

さらに一年後の二〇〇四年には、瀬戸内寂聴の手による「輝く日の宮」の一帖『藤壷』が、出版されることになった。これは、単に欠帖の謎の追求だけではなく、作者の想像と創造の筆によって、欠帖の物語の具対的な展開を蘇らせたものである。そこでは、この一帖全体が「補完」され、光源氏と母（父帝の後妻）の藤壷が初めて結ばれる場面が、優雅に美しく描かれている。この作者は、欠帖の理由を、内容が禁忌に触れるため一条天皇が削除を命じたのではないかと記している。また、この本の題を『かがやく日の宮』としなかったのは、『源氏』の他の帖の（いずれも二語からなる）題と不釣合になるから（瀬戸内、一一、一四）、とのことである。『源氏物語』のもつ様ざまの謎や問題性は、学界の内外における議論ばかりでなく、このように何篇もの新たな文学作品さえ生んでいるのである。そのほか一般の読者の目に容易に入るもののなかには、そのもう一つの謎、すなわち〈『源氏物語』複数作者説〉に示唆を得て書かれた、井沢元彦作『ＧＥＮ―「源氏物語」秘録』という、ミステリーの味を添えた作品も生み出されている。

二．漱石の残した空白

夏目漱石は、『明暗』を未完のままにこの世を辞した。この作品がもし書き続けられていたら、その後の展開はどうなっただろうか、という興味や関心は尽きない。それに関する論述は恐らく膨大な数にのぼっていることだろう。そんな折、一九九〇年にいたって、水村美苗が『續明暗』を書き、原『明暗』を完結させるという驚くべき仕事をなし遂げた。ここでこの作家は、漱石のあらゆる作品の筋の運びや、文章の特色を適用しながら、『明暗』の断筆になった箇所（一八八章）以後に想定される漱石的展開を、漱石的な文体と語彙と論理で二八八章まで書き、決着をつけたのである。

漱石の作品ではほかにも、作品が終わったあとの後日談を語ったり、パロディーにしたものが多い。その代表的な作品の一つに、奥泉光の『「吾輩は猫である」殺人事件』（一九九六）がある。この一〇〇〇枚に及ぶ作品では、文体がいかにも漱石的というだけでは終わらない。酔っ払って溺れ死んだはずの猫が上海に現れ、苦沙彌先生の殺人事件に取り組む。そこには、『猫』でおなじみの作中人物たちばかりでなく、ロンドンからホームズ家とワトソン博士家の猫までやって来て、見事な推理を展開する（なお『猫』のパロディーだけでも四〇種類以上もあるという）。『猫』と同様に、『坊ちゃん』の町や登場人物のその後のありさまを、主人公とは別の視点から書いた作品も、現れて当然だろう。小林信彦『うらなり』では、〈五分刈り〉こと坊ちゃんが四国松山の中学をやめて東京に去ったあと、田舎に残った英語教師「うらなり」やマドンナたちの、その後の侘びしいありさまが語られている。このように様ざまのヴァーションの偽・漱石作品が書かれるのは、漱石の文学の豊かな「生産性」を物語る一面である。

ところで、未完の作品に対する興味や「補完」といった問題については、『フロベールの鸚鵡』の作者ジュリアン・バーンズが、作中の語り手の掲げる〈有害図書一覧一〇ヶ条〉の九番目として、こんなことを述べている。

九、他の小説を題材にした小説もやめにしてもらいたい。「現代版・何々」、「異文何々」、「続・何々」、「前編・何々」と言った小説。作者が死んで未完成に終わった作品を取り上げ、勝手な想像で残りの結末をつけるなんていうのも、いい加減にしてもらいましょう。…「汝自身で自らの布を編むべし」。（一四七）

この論に従うと、水村や奥泉、小林作品も、〈有害図書〉として排除されることになりかねない。だが、このバーンズの一節は、それだけその類いの作品が多いことを物語るものであろう。実際例えば、レイモンド・チャンドラーの最後のフィリップ・マーロウ物語の補完版『プードル・スプリングス』もその一例である。これは、チャンドラーが四章まで書いて絶筆となっていたものを、三〇年後に、ハードボイルド作家でチャンドラー研究の実績もある、ロバート・パーカーが筆を加えて、全四一章のマーロウの物語として、「結着をつけた」ものである。

ほかにも、〈ジュリアン・バーンズの禁忌〉の第九条に触れそうなものとして、ヘミングウェイの妻が夫に会いに行く列車のなかで失くしたと言われる、処女作の入ったボストンバッグに関わる作品群がある。もしその紛失した原稿が再発見されたら、という想定にもとづいて書かれた諸作品は、ビル・グランジャーの『ヘミングウェイの手帳』から、矢作俊彦のヘミングウェイに捧げたオマージュ、『ライオンを夢見る』にまで様ざまに及んでいる。(4)

三．『星の王子さま』の場合

サン・テグジュペリの『星の王子さま』の最初のほうに、王子さまが語り手に、羊の絵を描いてくれとねだる場面がある。語り手は、実際の羊に似た絵を懸命に描こうとするが、王子さまは、「それでは犬じゃないですか？」とか何だとかと言って一向に満足しない。お手上げ状態の語り手は、しまいに投げやりになって貧弱な箱を書き、そこに三つの空気孔を開けただけのものを見せて、「羊はそのなかにいる」と説明する。王子さまはこれを見て、初めて満足そうに箱のなかを覗き込みながら喜々としているのである。

ラカンの〈二人の画家の画〉の話も、右のエピソードと同様の観点を示す例として引かれることがある。すなわち、果物の絵を描いた二人の画家の作品がある。一方の画家の画のブドウには、鳥が飛んできて間違ってついばむほど、見事に写実的に描かれている。ところが、もう一人の画家の作品は、「布に覆われた（果物の）画」であり、画家は「覆いを取って見てくれたまえ」と言外に言っている。両者のうち、どちらの画のほうが優っているかは自明であろう。

このように、文学であれ絵画であれ、作品の持つ「空白」や「曖昧」は、読む人や見る人の想像力を活発に働かせる。またときには、新しい作品が創造されるきっかけになる場合もある。つまり、作品の持つ謎や、わかりにくかったり覆い隠されたりしている部分は、却ってその作品の次元を拡大し、内容を豊かにする可能性のある、極めて〈生産的な〉箇所であることが、推測されるのである。

文芸作品や美術作品のなかの、「曖昧」な箇所や「言い落とし」の一節は、単に〈生産的〉であるに留まらない。そういった箇所は、どんな読書家にとっても、「星の王子さま」のように〈楽しむ〉ことができる場なのである。〈難解なところ〉などと言うよりむしろ、創造力を活性化させて縦横に楽しみ、読書の喜びを味わうことができる箇所なのである。以下では、「フロベール」学者ジュリアン・バーンズの禁忌にそむくことにはなるが、「アクロイド殺し」論のピエール・バイヤールの勧めに従って、作品のなかの「空白」あるいは「言い落とし」の箇所の「補完」について、具体的な試みに、いっとき興じてみたい（特に、先の「二．文学作品のなかの謎」で指摘した「言い落とし」のケースについて「補完」してみたい）。

〔四〕「空白」を埋める試み——その実践（フォークナーを読む前に）

一・カーヴァーの作品の場合

先に触れたように、カーヴァーの作品には「言い落とし」や「曖昧」な表現が多く、読者を「宙吊り」にするような場面がひときわ多い。担当したゼミ生のなかには、このような特色に触れて「書いてるほうは、きっとガッツポーズをしてると思うんですョ」と、まことに的確な（！）感想をこのようにオシャレな表現で述べた者もいる。ではそのような箇所の秘める豊饒性は、若い諸君の想像と創造をどのように刺激したのだろうか。先の「二・文学作品のなかの『謎』」の項で指摘した「空白」の箇所にできるだけ関わりながら、また青年たちの発想にも依拠しながら、「補完」を試みてみよう。まず先に（本章の〔二〕の四で）触れた箇所から——

（一・一）「大聖堂」、妻と盲人の訪問客ロバートが、家の前で笑い声を立てている原因について。あるいは、そこで二人は〈どんな会話を交わしたために笑いが生まれたのか〉、という「正解のない問い」について。

（イ）久しぶりに会えた高揚感から明るい笑いが生まれた。

（ロ）妻の「（普段の夫婦の間には声を上げて笑うこともない。それに比べて）このお客は私をこんなに楽しませてくれるのよ／楽しい会話を交わせられる人なのよ」という、夫に対するメッセージ。

（ハ）文脈から類推し、さらに少々脱線して、（妻）「さあ着いたわよ、ロバート」／（盲人）「本当かい？僕が目が見えないからって、ウソをついて刑務所にでも連れてきたんじゃないのかい？」／（妻）「まさか、そんなわけないじゃない」（笑い）。(5)

作品全体を読んで楽しんだり考察したりすることに比べれば、作品の一部分だけを対象にしてあれこれ考えることは、正当な読み方ではないかもしれない。だが前述のとおり、「曖昧」で「空白」の部分をあれこれと縦横に楽しむことにより、小説を読むもう一つの醍醐味を得られたり、作品のなかに参入するためのきっかけを得られたりすることはたしかである。その意味では、『フロベールの鸚鵡』の著者の禁を破ることにも、大いに意味はあるだろう。

（一・二）「大聖堂」、語り手の妻のもとにロバートが送ってきたテープの内容について。

夫婦がそのテープを聴いている途中で玄関にノックの音が聴こえ、以後テープのことについてはいっさい言及されなくなる場面である。ロバートのテープは、以下の一節のダッシュ（—）のところで中断してしまう。すなわち、「貴女が彼（＝夫）について言ってることを総合すると、私（＝盲人のロバート）の結論は―（二一二）」。カーヴァーは、このように続きの言葉が一番気になるところで、読者を「宙吊り」にして、「ガッツポーズをしている」のである。その「空白部」を、若い想像力は次のように「補完」する。

（イ）（盲人のロバートは多分何か悪いことを言っているのだろうと類推して）、「彼（＝夫）は君を愛していないいんじゃない？」とか、「彼（＝夫）は、僕たちのことを嫉妬しているんだろうね」。

（ロ）（妻が夫にテープを聞かせるくらいだから、ロバートは悪いことなどは言っていなくて）、「彼（＝夫）は、悪口を言うような人じゃないんだろうね。君を愛してると思うよ」とか、「彼は創造力の豊かそうな人だね」。

（ハ）（彼は夫をもっと陰険な性格で、盲人に先入観をもったり冷酷な人だったりすると想定していて）、「彼はヒドイ差別主義者だと思うよ。僕に対してばかりでなく女の人に対しても、ですよ。奥さんも、気をつけなさいよ」。

（ニ）（彼は夫を試すような語調で）、「夫君はホントは貴女に飽きてきているようですねえ。貴女も改めてわたしのこと、本気で考えていただけませんか」。

（一・三）「大聖堂」、結末で、「私」が抱いた「生まれて以来味わったことのないような気持ち」について。

それまで盲人に対して冷淡だった「私」が、彼と一緒に目をつぶって、大聖堂の絵を描きながら覚えた感情とは、どのようなものだったのか。作品の最後の一行で「私」は、「まったく、これは」とため息をつくように言うが、それがどんな意味なのか。これは問い自体が大変難しく、余り多くの回答は得られなかったが、

（イ）「目を開いていては見えるものが限られていたが、目を閉じることによって心が開かれて、もっと多くのもの、無限のものが見えるようになったという感動」を言わんとしたもの。

この回答は多分正しいだろう。そして作品の主題にもつながっているだろう。この場合の「目を閉じる」行為は、本書で述べてきた表現を使えば、「言いおとし」、「空白」、「宙吊り」といった概念とほぼ同じものと言ってよいのではないだろうか。カーヴァーは、まさに『輝く日の宮』の藤原道長の言った「あり得べき文学」、つまり「謎をしつらえて世々の学者。読書家たちを騒がせなければならない」という理念を、そのまま実行しているのである。

（一・四）「ささやかだけど、良いこと」のパン屋が、息子を失ったばかりの夫婦に語ったことについて。

パン屋は、息子を失ったばかりの夫婦にパンを勧めながら、「なんとも言いようのないほど、お気の毒に思っております。聞いてください。あたしはただのつまらんパン屋です」と言って、「孤独」について、「無力感」について語ったと、ただ〈抽象的〉に述べられているだけである。だが、その具体的な内容はいっさい記されていない。ここにも、作者の技巧が秘められ

ている。そこを、もう少し具体的に深追いするとすれば、

（イ）（パン屋は、カーヴァー作品を始め、現代のアメリカ作品によく出てくる中年男のタイプの一人と考えて）、妻に逃げられた男の「疑問や無力感」を語ったのだろう。しかも彼女は別の男とともに去っていった。その裏切りの痛切さについて、そして子どももない日々の空しさについて語ったのだろう。やがて、自分も一人で死んでいく寂しさを、悲しみに沈んだ若い夫婦に共感を込めて語ったのであろう。(6)

二．リチャード・フォードの作品の場合

このミシシッピー州出身の現代作家の「ロックスプリングス（一九八七）」は、怠惰で落ちぶれた男が幼い娘を連れて、離婚した女性と一緒に、盗んだ車でモンタナ州の田舎町からフロリダを目指して（東へ東へと）旅立つ。その道中も、二人の気持ちの齟齬や諍いのため順調に進まず、コロラドに入る手前の作品の表題になっている町で、車の故障がきっかけで別れることになる物語である。ここには、ヴェトナム後のゆえか、心の弱さのゆえか、転落の道をたどるようになった男と女の哀れな姿が浮き彫りにされている。中年を迎えようとしている男女の人生の淋しさが、たっぷりと描きだされている。作品の末尾で語り手は、次の車を探している男の姿を見つめながら、どこか「あなたに似ていませんか」と読者に問いかける。たしかに、人は誰しも、あるときボタンを一つ掛け違っていたら、この男とどこか「似たような」人生をたどることになっていたかもしれない…。(7)

物語のなかに、女性がかつて飼っていたサルを無惨に死なせたことを語って、惨めな思いに浸る場面がある。彼は慰めることも励ますこともできず、「仕方ないじゃないか、君が悪いんじゃないし…（一六八）」と言い、「ほかに何と言えばいいんだい？（一六九）」と問うところがある。彼女は「もう何も言わないでっ」と言って、ますます不機嫌になる。実際こんな場面で男は、何と言えばよかったのだろうか。どのように彼女の気持ちを斟酌し、なだめていたらよかったのだろうか。それについては、作者も語り手も何も言っていない。だが読者は、このようなあまり意味のない問い〈擬似疑問＝pseudo question〉についても、思いを巡らして作品の次元の広がりを楽しんでもよい。

この作品を、かつてあるカルチャーセンターのクラスで読んだときに、右と同じ〈正解のない〉質問を述べて回答を求めたことがある。それらの回答のなかから、やや年長の女性受講者のものを二つ引用させていただく。

（イ）「そんなにひどいことをしなければいけなかった君はどんなに辛かったろう。それに、君は本当に怖くってならなかったんだね」と言って彼女を強く抱きしめて欲しかった。（傍線引用者）

（ロ）「何てひどい話なんだ。そういう風に処理せざるを得なかった君の気持ちは本当によく分るし、同情する。さぞつらかったろう…。もし僕が君と同じ立場になったら、同じようにしただろう——いやもっとひどい扱いをしたかも知れないんだ」と肩を抱いてなぐさめる。（傍線引用者）

いずれの回答でも、男の口にする言葉については、小説の主人公が実際に口にした言葉とそう大差はない。だが、その言葉を言いながら、「女性（の肩）を強く抱きしめる」行動を添えるかどうかという一点が、小説の主人公とは大きく違っている。そこが、その場しのぎの空疎な言葉を繰り返す作中の男のありさまと、生身の血の流れている女性とは実に大きく違うところと、しみじみ思われるのである。世々の男性には、大変よい教訓になるところである。(8)

三．ヘミングウェイの場合

ヘミングウェイの短編作品に拠って、同様の例を示しておきたい。そのなかで、典型的な「言い落とし」シーンは、「一〇人のインディアン（一九二五）」に見られるものだろう。インディアンの少女に恋をしている少年ニックを、友達の両親が冷やかしながら激励する場面で、妻が夫に何事か囁き、彼が大笑いをする箇所である。ここで妻が夫に囁いた言葉はいったいどんな内容であったか、作者はいっさい言及しない。しかし、読者には「気になって仕方がない」ところである。その具対的な内容の「補完」についても、別のところで論じたことがあるので、あとの〔注〕で一、二例を示すに留め、(9) ここでは彼の処女作品集『三編の物語と一〇編の詩』（一九二三）に収められた、「ぼくの父さん」のなかの「空白」部分について考えてみよう。

この作品は、幼い息子の目と口を通して、競馬の騎手の「父さん」の英雄的な姿と悲劇的な死が語られている。父親はミラノを本拠にして活躍していたが、何かいざこざがあって父子はパリに移る。そのミラノでの最後のレースで父親が勝った直後に、二人の男が「フランス語で父さんに食ってかかっていた。父さんが黙りこむと二人で父さんを代わる代わる責め続けた（一九四）」ことが語られる。だが、その二人の男たちが口にした話の具体的な内容はまったくわからないままに、読者に委ねられる。

この「空白」部分が生まれたのは、第一に作品の視点が寄り添っている息子には、この場面の前後の事情がわからないためである。また第二の理由としては、この幼い息子の判断力には子どもであるためおのずから限界があって、大人の会話がわからないからである。さらに巧みなことに、会話がフランス語で行われていた。作者は、「世々の読者を騒がせ続ける」ために、この三重の巧妙な仕掛けをして「空白部」を仕立てている。ここで留保された箇所では、実際はどのような言葉のやりとりがあったことだろうか。これについても別に考察したが、それらに幾分の改変を加えてもう一度触れておきたい。(10)

父親はレースで勝って責められ、あげくの果てに最低の軽蔑語「くそったれの腸チビス野郎（son of bitch. 一九四）」と言って、罵られている。さらに空白部の推測の手掛かりとして、作品の後半のパリの日々の父親について、「八百長をやっていたと言う人もいるし、そんなことに耳を貸すなと言う人もいる」という一節も、考慮に入れてよいだろう。それらの文脈から、先の二人の男たちの〈隠された〉非難、罵倒めいた言葉を推測し、この場面のフィクションを膨らませてみると――

（イ）まず「八百長」がらみの競馬にまつわる会話が、「言い落とされ」たものと考えていい

だろう。すなわち、

A.「たかが一介の騎手のくせに、貴様はふてーヤツだ。オレらのハナシも聞かねえで。貴様のせーで、オレらの儲けはパーだぜ」

B.「勝手な真似をしやがって。ありゃあ料簡違いってえもんじゃねえのか。てめえ一人に儲けさせるなんてえわけにはいかねえぞ」

A.「ったく、ナメくさりやがって。オレらナメられたら商売あがったりだ。ブッ殺してやる」

B.「いいか、二度とてめえのツラなんぞ見せんじゃねえ」

(ロ) 同じ「八百長」関連の罵声を、もう一例想像してみよう。

A.「きさまァ、ドジ踏んじまいやがって。親分に顔向けができねえじゃねえか。どうやって落とし前をつける気だ」

B.「こうなったからにゃあ、俺たちの縄張りを荒らさせるわけにはいかねえ。とっととシマを出て行きな。二四時間くれてやる、お情けだと思え」

(ハ) 以上は、いささか品のない推測になったが、また別様の推測も可能であろう。たとえば仮りに、年功を重んじる旧い世界のコードを犯したことへの罵言と想像するといかがだろうか。

A.「てめえ生意気じゃあねえか。ここで勝つなんざぁ、まだ一〇年早ぇーんじゃねえのか?」

B.「大馬鹿野郎め。ガキの競馬じゃあるめえ。オレらの世界にゃ筋道ってもんがあるんだぞ。おめえの命がヤバくっなったって、オリャー知らねえからな」

ヘミングウェイの短編作品も、このようにいくらでも膨らませることができる。すなわち、作品自らの豊穣性のゆえに、いくらでも増殖していくのである。

〔五〕作品のなかの曖昧さを読む楽しみ

ここまで、作品のもつ曖昧さのなかで、特に「言い落とし」とか「言葉隠し」、といったものの実例を日米の諸作品から幾つかの例をあげながら、それらが、丸谷才一の描いた藤原道長の言うような意味で、作品を豊かにおもしろくしているところを見てきた。村上春樹論の著者清水良典の言葉を借りれば、「迷宮を飾る謎をすすんで見つけて熱心に推理し…知恵をめぐらせ頭を悩ますことを楽しんで(七一)」みることができた。それらが、作品の〈生産性〉とも言えるということを述べてきた。そしてこれは、フォークナーの作品にも通じるものであった。

このように、〈擬似疑問〉ともいえるような問題に長々とこだわってきたのも、フォークナーの諸作品を、このような観点からも楽しむことができれば、と思ってのことである。そうすることにより、難解で近づき難いと考えられているこの作家にも、もう少し気軽に近づくための手掛かりになるのではないかと思う次第である。

〔注〕

1「エミリーへの薔薇」のこの箇所や、「乾燥の九月」の空白部については、本書のあとの章（特に第二、三章）や拙稿「読者宙吊りの留保表現――日本と英米の文芸をめぐって」、日英言語文化研究会編、『日英語の比較――発想・拝啓・文化』三修社、二〇〇五等参照。

2上野正彦『「藪の中」の死体』では、著者の独自な法医学的見地から、下手人を「侍の妻」であると論じている。元観察医としての視点から文学を読む温かな眼差しからは、示唆されるところが少なくない。

3加藤典洋『テキストから遠く離れて』には、青年の「納屋を焼く」行為とは、若い女性たちをレイプすることであると読むことができると述べられている（一六三―四）。なお本書第六章を参照。

4そのほかにも作品の魅力が生み出した、副産物的な作品の例を手元の本からあげれば、水村美苗の『續明暗』と同様に、原著者の文章文体に倣って書くという手法に則って、現代の作家たちによって書かれた〈偽・レイモンド・チャンドラー短編集〉とも言える、『レイモンド・チャンドラーのフィリップ・マーロウ』がある。またヂッケンズの『エドウイン・ドルードの謎』には、二〇もの「完結編」があるという（フォークナーに関しても、毎年「偽フォークナー賞」という懸賞小説の選考が、毎夏のミシシッピ大学の「フォークナー会議」で発表されている）。その他、『マーロウ、もう一つの事件』（イベア・コンテリーヌ）、『フィリップ・マーロウの娘』や、『風とともに去りぬ』の続編、『スカーレット』（アレクサンダー・リプリー、スティーブンス・ミッチェル、一九九二）も近年の評判の書である。また、ウェイン・ワーガ『盗まれたスタインベック』、デイヴィッド・ハンドラー『フィッツジェラルドをめざした男』なども、作家や作品の魅力が生み出したものの数多い例のなかに入るだろう。

なお、日本の未完成の作品の例としては、ほかに、次の幾つかもあるが（原寮『私が殺した少女』から）、

『旅愁』（横光利一）、『おごそかな渇き』（山本周五郎）、『たんぽぽ』（川端康成）、『東方の門』（島崎藤村）、『大菩薩峠』（中里介山）があるが、いずれ誰かが、これらに続けて完成版を書くのだろうか。

5 これらの「補完」については、担当したゼミやクラスの学生諸君の発言に依拠したり、示唆を受けたりしたところが大きく、深く感謝したい。なお、本書の元となったいくつかの拙稿（『明治大学教養論集』ほかに所収）の〔注〕の該当箇所では、それぞれの発言者について、「名前のイニシアル＋姓」を記述してあるが、本書では割愛させていただく。

6 このあたりのカーヴァーについての議論は、特に二〇〇四～二〇〇六年ゼミ三年生の議論に負うところがある。

7 この箇所の語り手の問いかけ「あなたに似ていませんか」の含意の解釈は「朝日カルチャーセンター」〈東京〉、「アメリカ文学講読」の受講者の回答に追うところが少なくない。

8 「朝日カルチャーセンター」〈東京〉、「アメリカ文学講読」一九九七年二月一五日のクラスから。引用は、H. 鈴木、S. 植之原さんの回答から。

9 拙稿、「インディアンは11人いたはずでは？―ヘミングウェイの10人のインディアンについて―」、『明治大学教養論集』通巻三八四号（二〇〇四年三月）。「補完」の例を一、二あげれば、「あなただって、若い頃インディアンの娘にふられたことあるんでしょ？」／「あなたも最初の女はインディアンの娘だったわよね～」。また、第三章〔注〕4参照。

10 拙稿「Hemingwayの省略・曖昧・言葉隠し技法―処女作から〝The Killers〟へ、そして現代の文学に―」、『明治大学教養論集』通巻三八九号、（二〇〇五年一月）。

第二章

「乾燥の九月」とアメリカ南部

―フォークナーとその南部的色彩―

はじめに

本章では、まず手始めに、フォークナーのもっともポピュラーな作品の一つで、比較的読みやすい「乾燥の九月」("Dry September," 1931)を取りあげることにする。本章でこの作品を扱うもう一つの目的は、この作家の表現の特色であり、同時に前章で触れた現代文学によく見られる特色が、顕著にみられるからである。すなわち、読者の興味を「宙吊り」のまま放置するような、「言い落とし」の箇所が随所にみられるので、その点について特に考察を進め、また、その「言い落とし」による「空白」の箇所について、読者の側からの「補完」の試みの例を示したい。

ところで、その作品の世界に入る前に、作品の舞台となるアメリカの南部という独特の地方について少し触れておきたい。続いて、作品の読み処や、「言い落とし」の箇所の意味を検討し、さらにその個所を「補完」することの意味や楽しみについて述べていきたい。

〔一〕アメリカの南部作家

アメリカの南部は、この国のほかの地域に比べ、かなり多くの有能な作家を生んでいる。二〇世紀に入ってからは、特に資質の豊かな作家が陸続と輩出した。W.フォークナーを筆頭に、

R．P．ウォレン、W．スタイロン、W．パーシー、K．A．ポーター、T．ウィリアムズ、A．ウォーカー、F．オコーナー、E．ウェルティなどが。そして『南部モダニズムの後で』の著者グインは「今日もなおこの国の最高のフィクションの多くを生んでいる（ix）」と述べ、その本で、D．アリソン、C．マッカーシー、R．フォード、B．ハナを含め、九名もの若い南部出身の作家について論じ、多くの後継作家が誕生していることを示している。

南部がたくさんの作家を生むようになったのは、ニューオリンズを始め、アトランタやメンフィスのような多文化都市や商都の光と影の濃い土壌があったからだろう。また一九二〇年代のナッシュヴィルのヴァンダビルト大学に集まった改革派（「フュージティヴ・アンド・アグラリアン」）グループの知的・文化的エネルギーやバタフライ効果も、少なくなかったことだろう。これと同じ時期にテネシー州のこの都市が、カントリー・ミュージックの聖都として、ラジオの普及に歩調を合わせて大きく発展し始めたというような文化的刺激もあったかもしれない。

またフォークナーによれば、南部に多くの作家が誕生するのは、「南部の不毛性のゆえであり、南部の人々は想像力によって自分の〈カルカソンヌ（すなわち、到達しえぬ願望、挫折した欲求を象徴する世界〔ポーク、一九八四、三二〕）〉を創り出さなければならないから（『大学のフォークナー』、一三六）」だという。H．ジェイムズがその「アメリカ論」で、この新しい国家、すなわち旧い遺跡や伝統ある文化や昔ながらの風俗などがいっさいない〈無い無い尽くし〉のアメリカでは、想像力と言語だけを素材とした「ロマンス型」のフィクションしか生まれる余地がなかった、と論じたのと同じ発想である。

ただ南部の「不毛性」と言っても、それが何を指しているか必ずしも定かではない。作家の同時代的な、また今日的な意味では、南部が東部の政治、経済、文化の中心から遠く外れ、不便なうえに貧困な風土のことを含意しているのかもしれない。(1) もっとも、貧困のお陰で芸術のエネルギーが文学に向かったと言う人もいる。何しろ、絵画や音楽などほかのジャンルでは経済力が必要だが、文学はペンと紙と想像力がありさえすればいいのだから(キング、六―七)。また歴史的には、北部との戦争に負けた挫折感や、奴隷制度をもったという罪の意識が、人々の心を影のように覆っているありさまのことを言っていると考えてよいだろう。

このような様ざまの南部的な特色が、南部の作家たちの作品にいったいどんな形で作用しているのだろうか。またどんな形で、想像力の源泉になっているのだろうか。またそれら南部ならではの特色は、作品のなかのどんなところに見られるのだろうか。本章では、そのあたりの一端についても、南部の代表的作家フォークナーの、しかも南部的色彩のひときわ濃い短編作品の一つを取りあげて検討してみたい。

〔二〕フォークナーと南部

一・南部の特色をもった作品

アメリカでもっとも貧困な州と言われるミシシッピ州に生まれ育ち、生涯のほとんどをそこで暮らしたこの作家は、どの作品を考えてみても、南部的な特色をもった風土や主題のなかで、南部ならではの人物たちが登場する作品世界を展開している。すなわち、「南部小説にはほとんど常にユビキタスである南北戦争（グイン、一六二）」を始め、人種問題、貧困、（物心両面での）荒廃などが根底にあって、人々を駆り立てている作品が書かれている。それはまた、今日のメディアに描かれているような類型的な南部の人や町のありさまに見るものとほとんど同じである。

すなわち、「ビール腹で小型トラックを運転する根性の狭い黒人差別主義的な貧しい農夫だったり、砂糖入りウイスキー（ジュレップ）(2)を飲んでいる大農園の持ち主で親切で思いやりはあるが黒人差別主義者だったり、ややましで黒人差別意識はなく心優しいが、アタマの回転が遅くフォレスト・ガンプ型のいい人だったりする。…また〔実際は今日では、素晴らしくファッショナブルな人々や大学やショッピングモールがあるのに〕、旧い駅舎とか廃れた町の一角、…貧しい黒人や白人がぶらぶらしている未舗装だったり汚れたりしている通りばかり（ポーク、一九九七、ix-x）」が、「南部」として描かれているのである。

フォークナーの短編小説のなかで、右のような類型的であり神話的でもある諸相を含む、南部的特色がもっとも濃厚な作品を、この作家の一〇〇編余りの短編作品のなかから選び出すとすれば、「乾燥の九月」は、その代表的な一編と考えてよい。この作品は、様ざまの南部的な特色をもち、しかもそのうえ、その土地に生きる人々にとっての「殺し文句」とも言える、ある特定の単語（キーワード）が、作品の大きなポイントになっている。以下では、まずその社会や言語面での南部的特色を考察しながら、さらにそれ以外の面に及ぶこの作品の読み処やおもしろさについて考えていきたい。

二・「乾燥の九月」という作品

この作品のストーリーを簡単に言えば、ミリーという白人女性が、黒人（ウィル）にレイプされたという噂が流れ、精力旺盛な元兵士（マクレンドン）が町の理髪店に集まった男たちを唆して、リンチに向かうという話である。この作品は一人の女の若く美しかった日々の幸せが、時の流れのなかでこぼれ落ちていく切なさが、ひしひしと感じられ、また、元兵士の今日の無為の日々を満たそうとする暴力的衝動が描き出された「散文で書かれた詩（ヴォルピー、一二二）」のような作品である。それに、南部的な色彩を添えているものは、

（1）南部独特の暑く渇いた天気（しかも、この年は六二日間も雨が降っていない）を始め、

（2）人の心を和らげることのない凄愴な自然のもとで、

（3）かつての南部に特に多かった人種差別の悲劇が、

織り込まれ、人々の心も乾かし、精神的緊張の限界点に追いやっている点である。

ただ、この作品の南部的な特色を彩っているものは、大自然や人種のように人間の外から取り囲み、迫ってくるものだけではない。そこには、南部社会ならではの独特の観念的、心理的、歴史的文脈（コンテクスト）が存在し、登場人物の存在を、そしてそれらの人々の行動や言葉をも支配するのである。ここではまずその南部の社会に見られる多様なコンテクストについて考えていくことにしたい。

〔三〕「乾燥の九月」と南部（作品の読み処〔I〕）

一．南部の宿命—女性

かつて筆者が中西部のカンザス大学で一時期を過ごしていた折、毎年夏にミシシッピ大学で開催される「フォークナー会議」に行って帰ってくると、周りの何人かの人々に「南部美人はどうだった？」と訊かれた。南部の白人女性は美人が多く、その上しばしば〈サザン・ベル（Southern belle）〉と称されて、類型化、偶像化され特殊の意味を持っている（『風とともに去りぬ』がそれに大いに与っている）ということは、読んだり聞いたりしていた。だが、そのことへのこだわりや知識が、カンザスのような都会から離れた地域の一般の人々の頭のなかに、今日も実際に宿っていることにはさすがにびっくりした。

たしかに、たとえばフイッツジェラルドの「氷の宮殿」のなかの人物の一人は、二九歳で夭折した南部女性の墓碑を見てこんなふうに縦横な想像をする。「彼女はきっと黒髪だったわね。その髪にはいつもリボンをつけて淡い青（アイリスブルー）と灰薔薇色（オールドローズ）のきらびやかなフープスカートをはいていたのよ。…太い柱のあるポーチに立って、お客様を温かく迎えるような人。たくさんの男たちが彼女のもとに還ることだけを考えて出征したのよ（村上春樹訳、九一）」と。〈サザン・ベル〉とは、このように人々の精神や想像力を大いに刺激する存在なのだろう。

フォークナーの作品でも、女性が〈サザン・ベル〉のイメージを帯びて美しく偶像化されている例は少なくない。特にホレス・ベンボウにとって、妹のナーシサや義理の娘リトル・ベルは、常に純白の衣装に身を包んだ清純な存在でなくてはならない（『土にまみれた旗』、『サンクチュアリ』）。『響きと怒り』のクェンティンとベンジーにとっての妹（姉）キャディも、同様の存在でなくてはならないのである。

またこの作家の作品のなかには、南部の白人の女性は三種類に分けられる、と説く人物がいる。そのなかで紳士たちが結婚の対象とする女性は、「淑女（lady）」と分類される女性でなくてはならないと決まっていた。そのほかの二種類は「女性（woman）」と「女（female）」とに分けられている（『アブサロム、アブサロム！』）。南部において女性は、『南部の心』のW．J．キヤッシュの言葉に従えば、「南部のパラス、すなわち守護女神（Palladium）」なのである。

ただフォークナーの世界の女性のなかには、そのような理想的な型から外れる人物たちもたくさん登場する。リーナ・グローブ（『八月の光』）やユーラ・ヴァーナー（『村』ほか）のような素朴で豊満ではあるが、野生的、官能的で「レディ」とは言い難い美女がいる。またテンプル・ドレイク（『サンクチュアリ』）のような奔放な女性もいる。『響きと怒り』や『死の床に横たわりて』のなかには、自己中心的で母性を喪失した女性たちもいるし、ジョアナ・バーデン（『八月の光』）のような、自分で作り上げた観念に縛られている女性もいる。数えあげればきりが無い。

短編作品のなかにも、異彩を放つ濃いキャラクターの女性が多いが、「エミリーへの薔薇」のエミリーは、その極端な例の一人だろう。作中の語り手によれば、若い頃の彼女は、南部の典型的な偶像化されたレディとして仰ぎ見られていたようだ。それが、父親の過剰な庇護のお陰で、彼の死後には理想的な南部女性のイメージとはまったく相反する、頑なで孤独な七〇余年の月日を送り、グロテスクな死を迎える。そして、本章の「乾燥の九月」に登場する女性ミニー・クーパーも、そんな孤独な南部女性の一人なのである。

二．ミニー・クーパーという女性

彼女は、「エミリーへの薔薇」のエミリーと同様に、町の住民の一人と思われる語り手によって、その半生が客観的に語られている。またエミリーの場合と同様に、語り手の彼女に対する観方や考え方が公平であるかどうかはわからない。また彼女の行動を外から描写するだけなので、彼女の実際の内面の真実についてはまったくわからない。彼女自身の生の声は、いっさい聞こえてこないのである。

語り手によれば、彼女はエミリーとは違って、若いころも現在も、世間から隔絶した引きこもりといった類いの人物ではない。かつては社交界で花開いたことがあった。同世代の女たちが結婚し、母になっていくのも見た。「ある晩のパーティーで若い同級生どうしの男の子と二人の女の子が話をしているのを耳にしてからは（その話の内容に関しては、のちに検討したい）、以後二度とパーティーには行かなかった（セクションⅡ）[3]」という無惨な経験もする。中年男との一見派手で実りのない恋は四年も続いた。そして今日も町に出ていく。「外出するときはいつも新しい服を着て明るくふるまっていた（Ⅱ）」という箇所などは、今日の（担当ゼミの）学生に、〈そこまでできる彼女がすごいと思った〉と言わせるものがある。[4]

彼女は、むしろエミリーと同じように、孤立していた方がよかったくらいである。なぜなら、いたずらに町に出かけて行ったりするために、却って自分の孤独を思い知らされたり、「男たちは、もはや目で彼女のあとを追おうともしなかった（Ⅱ）」というような惨めな思いをさせられるだけなのだから。ただ、家庭でも温かな身内の愛情に触れられず、外出してもまともな話のできる同性の友達はない。まして支えになる恋人も男友達もなく、いっとき不倫の恋の挫折を体験しただけである。仕事もあるわけではなく、所属する場所はない。あげくのはての、「空虚で不毛で絶望的な生活（シェイ、一九九九、八八）」である。

そんな状況のもとで、彼女が黒人に「襲われ、侮辱され、おどされた（Ⅰ）」らしいと言う噂が、作品の語られる「今日」の町中に流れている。当時の文脈では例外的な常識人と言ってよい理髪師ホークショーは、ウィルは「善良な黒人」であり、また「結婚もせんで歳とった女衆にかかっておらんことは、男は決して――（Ⅰ）」（上の――の箇所の〈言い落とし〉の内容に関連しては、のちに詳しく検討したい）と言って、噂の真相をいぶかっている。実際彼を始め町の誰も、ミニーの身にどんなことが降りかかったのか正確なところはわからない。むしろその噂は、客観的状況からも常識的観点からも、かなりうさん臭く思われるのもたしかである。

前述のとおり、彼女が噂をなぜ流布するにいたったか、また本当にその噂を流したかどうかも、皆目わからない。だが、噂は一人歩きをし、人を動かしている。一方「今日」の彼女は、熱があったり身体が震えたりしている。映画の「美しく情熱的で悲しい」画面や、観客の若々しい男女のシルエットがきっかけで、不可解な哄笑が彼女の口を突いてほとばしる。語り手は、この原因についてもいっさい説明しないが、一般に「世間に適合できず、夢も結婚もかなわなかった喪失感（シェイ・一九八五、一二四）」が生んだ狂気の笑いと見なされている。実際『死の床に横たわりて』で、病いに陥った人物ダールの精神の壊れていく過程、すなわち〈喪失→哄笑→精神病院〉のパタンを考え合わせると、ミリーも同様の病いであると考えられよう。

しかしいくら南部とは言え、単に〈噂が流れた〉というだけでは、ウィル・メイズをリンチするなどという極限的なことは起こらないだろう。まして、今では町内での人望も女性的魅力も落ち目の女性に関する噂だけでは、どれほど血気にはやった男たちでも、リンチなどという行動に打って出ることはないだろう。そんなことが実際に起こるためには、もっと別の何か特別な要因があったはずである。それについて、作品に沿って考えてみよう。

三．南部の悲劇──人種間の葛藤

作品が執筆された時代にいたる五〇年間ほどのアメリカには、残酷な人種差別やリンチが相当数発生した。そのうちミシシッピ州では、全米の七分の一に近い五〇〇〇人余りの黒人犠牲者が数えられている（タウナー＆キャロザーズ、九八）。「乾燥の九月」は、その南部の惨酷な風土のもとで、人々が刻々とリンチ殺人事件に駆り立てられていく様子や、首謀者たちの内面の乾きと怯え、そしてその日の午後の町のありさまを見事に描き取った名作である。だが、南部生まれの優れた学者のブルックスを始め何人かのフォークナー学者は、入門書として格好の著作のなかではこの作品について触れなかったり（*William Faulkner: First Encounters*）、この作家の短編の〈傑作作品リスト〉のなかから外したりしている。(5) 愛する故郷のこの現実や、この「乾燥の九月」の物語の余りにも禍々しい内容から、目を背けたい気持ちがはたらいているためなのかもしれない。

ここで、その行動にいたるまでの人物たちの発したり行ったりした言葉と行動、そしてそれを見たり聞いたりした人々の微妙な心の揺れに留意して、作品を読んでいくことにする。

（三─一）言語のパワー──殺し文句

（1）「黒んぼびいき」

男たちをリンチという行動に走らせたのは、黒人に対する〈憎しみ〉だけではない。ましてウィル・メイズ個人に対する単純な復讐心などではない。彼らを行動に駆り立てたのは、白人群衆のなかのリーダー格の男が理髪屋の客たちの前で発した、「くそったれ野郎の黒人びいき」というインパクトの強い言葉である。これは、二〇世紀前半の南部の（白人）共同体では、人を社会から抹殺するような重い響きをもった、文字どおり「殺し文句」であった。当時の社会では、黒人は秩序の外にあった。「白人に（経済的に、社会的に、性的に）接近する黒人は迫害してよいことになっていた（サリバン、五〇〇）」。だから、白人が黒人を「ひいき」したり、味方しようとしたりすることなどは、言語同断のことであった。

ただ、今日の南部では、このような人種差別的な言葉や態度は皆無だと思いたいところである。だが実情は、必ずしもそうではないらしい。これと同じ言葉が、ジョン・グリシャムの『評決のとき（*A Time to Kill*）』（一九八九）にも、ジョエル・シュマッカー監督の映画ヴァージョン（一九九六）にも、（貧しい）白人の口から吐き出されているからである。(6) この言葉は、つい最近の南部でもまだ生き延びていて、かつての日々と同様に強烈な意味と効果をもっているようである。

「乾燥の九月」には、この「黒んぼびいき」を始め、南部の宿命であった白人と黒人の「人種の境界を越えることに対する恐怖（キャロザーズ、四四）」を表す、同様の意味をもった「決まり文句（クリッシエ）」が、様ざまのヴァリエーションを帯びて頻出している。そして、それらの言葉がこの社会の文脈（コンテクスト）のなかでもつ強烈なパワーが、男たちを次第に一つの方向、すなわち集団リンチという方向にと、唆していくのである。

なおこの言葉は、当時の通念であった、「セックスが強く無教養の黒人男」対「教養豊かで洗練された純潔な白人女性」（ワインスタイン、五〇）という、対照的で隠微な感覚を秘めた男女の関係に触れてくるものでもある。逞しい黒人男の前に佇む、非力で風前の灯とも言える白人の女性というイメージは、白人男の、特に南部人の心に潜む騎士道精神や、浅ましいジェラシーを煽る。そこから、「黒人のレイプ男」対「白人男の復讐」という、「デキシー・ロマンス（サリバン、四九九）」にと変容していく。

「乾燥の九月」のなかで、白人男の誰にも通低するこの思いを煽り立てるのは、まずブッチと呼ばれる理髪屋の客の言葉である。彼は「白人の女に手を出す黒人野郎を赦す理屈なんて一つもねえ（I、以下の引用は、その旨記すところまでこのセクションから）」と言う。あとから来たもう一人の煽動屋マクレンドンも、「貴様らぁ何もしねえで座ってやがって、黒人野郎がジェファソンの町の路上で白人様の女衆をレイプしやがるのを、放っておこうってぇのか？」とまくしたてる。この男の言葉の暴力はさらに、「実際に（レイプをしたかどうだか）だと？　それがどうしたってぇんだ。てめえは、野郎が実際にやるまで、黒んぼの野郎どもを放ったらかしといて逃げさせてやろうってぇのか？」と昂じていく。

「粗暴な黒人男」対「か弱い白人女性」という南部の類型思考は、この町でも絶対的な威力をもつ。これは、ホークショーのように、格別に噂を否定するのでもなくウィルの味方をするのでもなく、まず「事実を確かめよう」と説く〈常識的な正論〉など、軽く蹂躙してしまう。たとえばブッチの、「おめぇは白人の女の言葉より黒人野郎の話を聞いてやろうってんじゃねえだろうな」とか、マクレンドンの「てめぇは黒人の畜生の話を白人の女衆の話より大事（でえじ）にしようってぇんじゃあるめえな。このクソったれの黒んぼ好きめが」などという言葉によって。

(2)「北部野郎（ヤンキー）」

先のクリッシェに重なるように、もう一つの〈パターン思考〉、すなわち「南部」対「北部」の類型的思想が南部人の心を駆り立てていく。南北戦争での敗残の影が、今日でも南部人の心を覆っていることを、読者の脳裏に改めて刻印づけるかのように。たとえば、ブッチはホークショーに「貴様はそれでも白人男って言えるんか。一体ぇどこの国の男のつもりでいやがるんだ? 貴様なんざあ、出てきた北部に帰えりやがれ。南部にゃ貴様のような奴なんざあいらねえ」と毒づく。言うまでもなく、今日でも一部の南部人にとっては、北部人は敵である。彼の言葉には、先の「黒んぼびいき」と同様の強い排他性をもっている。

そう言われた理髪師は「わたしゃ、生まれも育ちもこの町なんすよ」と言って返すが、時、既に遅しである。彼の抗弁は、「北部に帰れ」という「殺し文句」が発せられたあとでは何の効果もない。この排除の言葉を投げかけられた事実のほうが、はるかに大きな意味をもち、重大な余韻を残している。南部男の定型的思考をしない者は、敵以外の何者でもないところに追い詰められる。こうして、ブッチとマクレンドンの抹殺的文句は、その店のおし黙っているほかの客たちの思考にも、衝撃を及ぼしていく。

粗暴な言葉の暴力を振るう二人の男たちは、それぞれの言葉に、「それぞれ、それがさっきオレの言ってたことだぜ」と呼応し合い増幅し合って、いよいよ興奮していく。この類いの言葉はそれを口にする当人をも酔わせるのである。そして同時に、店の客たちを煽りあげていく。このあたりの煽動的な言葉のメカニズムは、遠い過去から今日までの、政治や種々の運動の活動家たちの弁舌を思い出させるだろう。またよく言えば、シェイクスピアの『ジュリアス・シーザー』のなかの、ブルータスとそれに続くアントニーの演説が、聴衆に与える効果の場面（三幕二場）を思い出してもよいだろう（もっとも、この場合は、特定の「殺し文句」による煽動ではなく、雄弁術（レトリック）によるものと言うほうが適切だが）。

だから、もう一人の勇気ある常識人の元兵士が「さあ、さあ、本当のところを確かめたらどうだね。何が実際に起こったのか知ってる者は誰かいるのかね?」と言っても、焼石に水である。マクレンドンは「事実なんざあ、クソ食らえってえんだ。…ワシについてくる者はみんな立つんだぁ。そうでねえ奴らは――」と、目をむく。こうして、店の客は一人一人、「互いの目を見ないようにして立ちあがる」のである。

しかも、彼がその最後の言葉で、「そうでねえ奴らは――」と言って、言葉を切ったところが、また極めて効果的である。「あとは、てめえがどうなるか、てめえ自身で考げぇろ」とでも言うように、「言い落とし」た部分を聞き手の想像力に委ねて、より一層恐怖心を煽りたてるのだから。聞き手は当然、その理髪師のように排除される側には立ちたくないと思うはずである（もっとも、この「言い落とし」の箇所は、話し手の意図的な仕業ではなく、単に彼自身の激昂による言葉の言い澱みのあとなのかもしれないが。いずれにしても、作者の側の優れた技法を、ここにも認めることができる)。

マクレンドンは言葉の使い手としても暴君としても、もう一人のヒトラーである。ほかの同僚の理容師が言うように「いやはや、マクレンドンを怒らせるくれーなら、わたしゃホークなんかより(容疑者の黒人の)ウィル・メイズだったほうがマシだわい」というありさまである(以上の引用はすべて〔I〕セクションから)。そして、あとを追ってきたホークショーの意図を、マクレンドンが誤解して、あるいは皮肉を込めて言うように、「おお、結構じゃあねえか。明日になって町の連中がおめえさんが今晩喋ったことを聞いたら――〔III〕」と、やはり途中で言葉を途切らせながら、怖いことを仄めかす。(7) (なお、彼の McLendon というスコットランド系の姓名は、フォークナーの南部には少なくないが、いわゆるエスニック・ジョークの通念によれば、スコットランド系の人間はケンカ早いことになっており、この荒々しい作中人物の名前としていかにも相応しい)。

(三―二) 言語外のパワー――集団心理・集団麻酔

レンガ工場の場面でホークショーは今一度、「ウィルがその工場から逃げ出したりしていない事実は、彼の無実の証拠である」と弁じる。しかし、動き出した流れは、もはや止めることはできない。言語による説得や議論はまったく無力なのである。今では、それ以外のパワーが、男たちを突き動かしている。

マクレンドンがウィルを連行してくると、車の横で待って「乾いた汗をかいていた」男たちは、「何かから逃げ出すように一塊りとなって前方の闇に向かって走った。〈やっちめえ、奴をやっちめえ〉と囁く声が聞こえた（Ⅲ）」。男たちは「夜啼き鳥の声もなく、彼らの吐息と車の金属が収縮していく金属の音しか聞こえない」不気味な静寂と闇のなかで、これから生じることへの興奮や恐怖心から、〈集団のヒステリー〉じみた動きに身を任せ、その力に麻酔をかけられたような状態になっていく。

ホークショー一人だけは、駆け出さずに車の横に留まっていた。だが、男たちがウィルを殴り始めると、彼も手錠が掛かった手を闇雲に振り回して、たまたま「理髪師の口元を殴打すると、〔ホークショー〕も殴り返した」。集団の空気に巻き込まれていないホークショーにしても、自己防衛の反射的な動きまでは抑えられないところを、ユーモラスに描きだしている（こういうところも、フォークナーらしい、人の心の機微の巧みな捉え方と言えよう）。(8)

ここで、直前までもう一人の常識派だった元兵士の男の言動が変化する様子にも注目したい。一同が車で乗り出すまでは、「ホークショーの言うとおりだ」と言い、「俺らはウィルの奴っこさんに少々お説教をしてやるだけさ（Ⅲ）」と語っている。皆と一緒に出かけて行きはするものの、ここまでの彼の意識のなかには、リンチなどという思いはないと解釈してよい。ブッチの「説教なんて笑わせるぜ」という皮肉に対しても、「まあまあ黙りな。あんたの望んでることは町のみんなが――」とやり返すのだから（彼には、レンガ工場に到着した時点でも、車の駐る位置についての思いなどでも、マクレンドンとの距離はあった）。

だがそこに改めてブッチとは格違いの男マクレンドンが割り込んできて、「皆に説教してやるがいいぜ、クソッタレ野郎め！　野郎共に言ってやるがいいぜ、白人の女を――」と言うと、さしもの元兵士も沈黙してしまう。やがて彼の言動も、少しずつ変ってくる。まずウィルが車に引きずり込まれると、「くそっ、この男、臭えや（Ⅲ、以下暫くこのセクション）」と、初めてほかの白人一般と同様の反応を示す。闇のなかでの男たちの集団の動き、そして五感のなかでもっとも強く感情に繋がる〈匂い〉が、彼の冷静さと常識を失わせる。換言すれば、集団の動きと黒人男の匂いが、白人の元兵士の男に、人種の意識と壁を、目覚めさせてしまったようだ。

次の段階では、疾走する車のなかで、ホークショーが仲間から逃れて飛び降りようとすると、元兵士は「こらっ、そこだ、気をつけろ！」と言いながら、「黒人の向こう側に身体を倒して、〈ホークショー〉を掴もうとした」。直前まで常識人だった彼は、今や集団の興奮に染まり、そのなかでの異端児ホークショーの逃避行動を、許容できなくなっているのである。こうして、まず店の平凡な客たちの思い、そして次に健全でタフな常識人だった元兵士の思考は、一八〇度変わってしまうのである。理髪屋のシーンからこの場面にいたるまでの、極めて短い時間のなかで。

そうなるまでには、確かにヤクザはだしのマクレンドンの脅しに対する恐怖心もあっただろう。南部白人の黒人偏見もあっただろう。六二日間の異常な天候と暑さが男たちの精神を狂わせたせいもあっただろう。それらすべてが結びついて、ウィルのリンチに走らせたのだろう。そして、それらの要因のなかでも、男たちの行動を最終的に決定付けたのは、以上に述べた「殺し文句」であり、また言語外のパワー「集団心理・集団麻酔」だったのは、もう一つのたしかなことであろう。

四．もう一つの南部の悲劇—酷薄な自然

ウィルのリンチの引き金になった条件のなかには、作品のタイトル（"Dry September"）にある「乾燥」という異常な気象も、微妙な要因となっているはずである。この短い作品のなかで、自然や状況の表現は壮絶で比類のない美しさをもっている。またその下で生きる人間の、卑小さを際立てている。フォークナーの作品の絶妙な詩的文章を確認するためにも、その幾つかを見ておきたい。まず、作品の冒頭の理髪店のシーンである。

九月の赤い血を流したような黄昏どき、六二日間の雨の無い日々のあとで、それは燎原の火のように広まった—…土曜の夕方の理髪屋、天井の扇風機が空気の澱みを一向に新鮮にするでもなく、ただ古いポマードやローションそして男たちの臭いや息や体臭をかき混ぜているなかで、濁った風を送り返すときに… （I）

九月の夕暮れの情景と、理髪店内の暑苦しさと息苦しさは、読者に物語の血なまぐささを予告しているようだ。

もう一つ、マクレンドンに唆されて男たちが店の外に飛び出すと、その世界も異様な風景に覆

われている。ホークショーの歩む街路も町の広場もまた、埃と死のイメージが覆っている。

あちこちに見える虫の群がる外灯は、生命の気配を消した澱んだ空気のなかで宙吊りにされて頑固に苛烈に煌いていた。この一日は埃の棺衣の下で死に逝き、燃え尽きた埃の死装束に覆われた暗い広場の上では、空が真鍮の鐘の内側のように冴え渡っていた。東の地平の彼方には、二倍に肥大した月の兆しがあった。（Ⅲ）

男たちがレンガ工場に着いたシーンでは、月が昇り始め、自然界の音は途絶える。背景の「静けさ」とそのなかでの男たちの烈しい「動き」のコントラストは、緊張感を一層高める。

東の空低く青白く出血したような月が大きく見えてきた。やがて丘の稜線の上に這いあがり空気を、また埃を銀色に彩り、男たちはまるで溶解した鉛の器のなかで吐息をしながら、生きているようだった。夜啼き鳥の声も虫の声も無かった。（Ⅲ）

月の移動は、緊張を秘めながらゆっくりと進んでいく時の経過を示す指標でもある（その描き方は、フォークナーならではの凄惨味の漂うものである）。

埃は常にどこにも漂っている。理髪屋がウィルを連行する車から、飛び降りた場面、また、やがてウィルを始末した男たちが町に向かって戻ってくる場面でも、月は移り、埃はあたり全体を覆っている。

落ちたはずみで彼は埃に覆われた草の中に転がって溝に落ちた。…月はさらに高く、とうとう埃のなかを昇りつめ、澄み切った中空にいたった。暫くすると町は、埃の下で煌いていた。…男たちの車はまっしぐらに走り、埃はそれを飲み込み、灯火と騒音は消えた。男たちの残した埃は暫く懸かっていたが、すぐに永遠の埃のなかにまた吸い込まれていった。（Ⅲ）

雨の無い日照り続きの天候の下で、全ての物事は埃に覆われている。埃は、「乾いて、生命がなく、暗い（シェイ、一九九九、九四）」もののメタファーとして、あたり全体を覆っている。

このセクション（Ⅲ）のあとに、ミニーが町に出かける支度をするシーンが語られる。彼女の「手はホックと小穴の辺りで震え、眼差しは熱っぽく、髪は櫛を通すとパリパリと鳴った（Ⅳ）」。彼女が、心身ともに乾き、また渇いていることを、文脈的にも浮きあがらせるシーンである。埃と乾きと渇きは、作品のセクション（Ⅴ）最後のシーンに至るまで、人と世界を覆っている。

埃っぽい網戸に身体を押し付けて、男はあえぎながら立ち尽くしていた。動くものも、物音も、虫の声すらも、まったく無かった。暗黒の世界は、冷たい月とまたたき一つ無い星の下で、打ちひしがれたように横たわっていた。（Ⅴ）

この最後の場面では、冷たい月の下で、生き物の声も無く、暗黒の世界だけがマクレンドンを覆っている。この作品の絶望的な結末として、まことに見事な表現と言えよう。

ここでは、「語りの形式をとった優れた詩（ヴォルピー、一二六）」と言われるこの作品のなかから、人と自然を語った典型的な箇所を見てきた。それは南部の夏の大地ばかりでなく、その社会をも窒息させるものであった。そのような、風土のもとでは、ウィル・メイズのような男の犠牲も、起こるべくして起こったと思わせるものがある。

以上、「乾燥の九月」の南部的特色を検討してきたが、その要素以外にも、この作品の味わいを深めているものがある。以下ではそれらについて、多少触れておきたい。

〔四〕「乾燥の九月」の読み処（Ⅱ）

一・読みの広がり

先に触れたように、この作品にも「エミリーへの薔薇」ほかの作品と同様に、作者が「言い落とし」をして、読者を「宙吊り」にしたまま放置する箇所が少なくない。読者は、そのようなところは、無視して読み進んでもよい。だが、〈知りたいのにわからない、そのもどかしい感じ

〈丸谷、二〇〇〇、一〇五〉を楽しみながら、作品の世界への創造的な関わりを求めてもいいだろう。そこで、本章でも決着が曖昧なままになっている箇所にいっとき目を止め、いささかのフィクションを付け加え、読みの広がりを楽しんでみよう。

（一―一）パーティーの男女のお喋り

たとえばこの作品の語り手は、ミニーがある晩パーティーで「若い同級生どうしの男の子と二人の女の子がお喋りをしているのを聞いた。それ以後彼女は二度と招待を受け入れなかった〈Ⅱ〉」と言っている箇所がある。語り手は、三人がどのような話をしていたのかということをおそらく十分に承知のうえで、意図的に明言を避け、留保し、隠し、「言い落とし」ている。それにしても、この三人は、いったいどのような会話をしていたのだろう。知りたいのにわからず、もどかしい。それについて、かつて筆者が担当したクラスの学生たちの想像（創造）を別のところで記したので、ここでは後の〔注〕の箇所に一部分を掲げるだけに留めたい。(9) そして以下では、もう一箇所の別の「言い落とし」の場面について考えてみたい。

（一―二）会話の言い澱み―理髪屋ホークショーの場合

理髪屋の場面では、客とホークショーの間でかなり激しい言葉がやり取りされる。そして彼らの言葉はしばしば途切れたまま宙ぶらりんになっている。なかでもウィルの弁明をするホークショーには、それがもっとも多い。彼が懸命に喋っている最中に、興奮した相手がそれを遮って割り込んでくるからである。また彼自身も言動を急いだため、言葉を途切らせたところもある。一方ブッチやマクレンドンたちの言い澱みは、興奮のために論理や言葉がついてこない場合が多い。ただそれらは大抵、あとにどんな言葉が続くか、おおよその見当はつく。

だがなかには、あとに続く言葉が容易には想像できない場合もある。たとえば（先に触れた）、ホークショーの言った「みんなわかるだろ。結婚もせんで歳をとった女衆にわかっておらんとは、男は決して――（I）」は、その一例である（この「――」の箇所の言い澱みは、この瞬間に、ブッチがかぶせるように、「じゃあ貴様はくそったれの白人野郎だ」と言って、彼の言葉を遮ったからである）。この場面で「宙吊り」になっているホークショーの言葉とは、「男は決して――しない（それというのも…と思っているから）ということが、ミリーのような女たちにはわかっていない」、と言おうとして遮られた、「――」の箇所に相当するものである。

そこで、この「空白」の箇所の具対的な内容について考えてみたい。なお、原文のテクストでは次の文のダッシュになっている箇所、つまり（thatを等位接続詞と解して）notion の具対的な内容を示す箇所である。

“I leave it to you fellows if them ladies that get old without getting married don’t have notions that a man cant __”

なお、タウナー&キャロザーズの研究書では、notion に続く that を、等位接続詞ではなく関係代名詞と捉え、ダッシュの箇所は「…のような女衆ってもんは、（男の俺たちが）思いもせんような性的な幻想を抱くもんだ（ってことをあんたら男衆には分かるだろ）」と読んでいる（一

○一)。なおまた、日本版の翻訳では以下の通りである。

(イ)「…ご婦人がたが、男ってものはどうしても、その――(龍口直太郎訳)」、

(ロ)「…女というものにはわからないんですよ。男というものが――(林信行訳)」)

これらは、thatを等位接続詞と捉えているように思われる訳文と言っていいだろう。ここでも、そのように読んで、さっそく空白部の「補完」の実践をしてみよう。

(1) ホークショーのクールさ、ミリーに対する客観的な姿勢、という文脈から、

(イ)「(男というものは〔たとえ黒人でも〕)あんな色気のない女衆には惹かれるはずないじゃないか。(さもなけりゃあ、とっくにどっかの男が捕まえてるはずじゃないか)」ってことを(彼女のような人たちはわかっていない)。

(ロ)「(男というものは)あんな女には危険だから近づいちゃいかんと思ってるのさ。(すぐひっ捕って結婚させられるから)」ということを(彼女らはわかっていない)。

(ハ)「(男というものは)あんな女衆を抱く気にはなれんと思ってるのさ。(肌もどこも乾きってるだろうって知ってるから)」ということを(彼女らはわかっていない)。

(2) 文脈を離れて自由に想像の翼を羽ばたかせると、

(イ)「(男というものは)あんな類の女性には手を出しちゃいけない。熱くってヤケドをするがオチってとこだろう、と思っている」ことを(彼女らはわかっていない)。

（ロ）「(男は）彼女に気軽には手を出せないぞ。お高くとまっていて手間がかかるし、一度できちゃったら逃げられんからな、と思っている」ことを（彼女らはわかっていない)。

（ハ）「(男は）あんな女に引っかかったら、世間の物笑いの種になるぞ。あんな誰も手を出さんような女とつきあったりしたら、と思っている」ことを（彼女らはわかっていない)。

また本来なら、これらは、フォークナーの創造した人物、例えば、『響きと怒り』のコンプソン氏のような、女性に対して一家言をもった人物のコンテクストのなかで考えたほうが、一層適切な「言い落とし」の「補完」になるかもしれない。たとえば、

（ニ）「(男は）女という生き物のなかに清純で正直な者なんて一人もいない。みんな汚れきった嘘つきで、お面をかぶった三重人格者だと思っている」ことを（彼女のような人物はわかっていない)。

このほかにも、様ざまの科白や言葉を、想像してもよいだろう。ここでは、このように自由に想像の羽を飛翔させながら、読書の醍醐味を味わうもう一つの方法があるという、一例を示すに留めておきたい。

〔五〕「乾燥の九月」読み処(Ⅲ)─スタインベック「夜警員」との比較

一・両作品の結末

もう、四〇年以上昔のことになるが、『文学』という雑誌に、フォークナーの「乾燥の九月」とスタインベックの「夜警員（"The Vigilante"）」の結末の類似性を指摘し、その味わいの違いを指摘した評論があった（井上光晴、「フォークナーの技巧」、一九六四年五月）。それは、黒人のリンチのあと、帰宅した男が妻君と顔を合わせる両作品に共通する場面を引用して、フォークナーの短編を「物語の本質に迫る小説」と評し、スタインベックの作品を「思いつき、説明的」で、「物語の筋だけを作る小説」と断じたものであった。

スタインベックの「夜警員」は、『長い谷間』（一九三八）に収められた作品で、リンチに居合わせた男マイクが、バーで寄り道をしたあと、孤独感やら虚脱した疲労感やらを漂わせて帰宅する。すると「痩せて、気の短かそうな妻が、不服げな目を向けて」彼の顔を見て、「女と寝てきたのね（一四一）」と言って猛然と食ってかかる。作品の結末は、先の評論にも引用されているところだが、次の通りである。

「結構じゃないか。お前さんがそんなにお悧巧で何でも知ってるってんなら、俺は金輪際なんにも言わねぇ。あしたの朝の新聞を見てみるがいいさ」とマイクは言った。

彼は妻の不満だらけの目に狼狽の色が浮かぶのを見た。「じゃぁ、あなた、黒人のことで?」

…「おまえさんがそれほどお悧巧さんと思うんなら、自分で確かめてみるがいいさ。俺はなんにも言わねえからな」

彼は台所を突っ切って洗面所に行った。小さな鏡が壁に掛かっていた。マイクは帽子をとってその顔を見て思った。「何てこった、カミさんの言う通りじゃねぇか。実際この顔を見りゃあ、そんなときの顔付きとまったくおんなじじゃあねぇか」（一四一）

リンチのあとの興奮、喜び、昂揚、疲労、悔恨の念の混じった顔つきと、情事のあとの気分や顔とを結びつけるのは、まことに見事な奇想である。このまったく意外なものどうしの、しかも当を得た結合という並々ならぬ手腕は、そこに掃き込まれた滑稽味とともに、大いに賞賛すべき手際だろう。だが、井上光晴の評論は「話のオチとしては面白いかもしれないが、いかにも思いつきの手管が見えてしまう」と手厳しい。

たしかに「思いつき」的な軽さは見えるかもしれない。だが、恋というものの悦びや辛酸を知る人だったら、あるいはその罪の深さにいささかなりとも通じている人なら、スタインベックのこの物語の結末に、もう少し深いショックや共感を覚えるのではないだろうか。とは言え、フォークナーの（先に引用した）結末のマクレンドンの姿に見られる、苦しみや、孤独、悲惨、そして一抹の癒しすらない世界の冷淡さに比べると、「夜警員」の結末は、たしかに「ちょっと面白いお話」ということで済まされても仕方ないだろう。

二・そのほかの面での比較

この二つの作品は、結末ばかりでなく全体を通してみても、井上光晴的な意味での、作家的資質の違いを痛感しないではいられない。それらのうちの二、三例をあげれば、第一に人々をリンチに駆り立てていくきっかけの違いである。スタインベックの作品で主要人物のマークが語るところによれば、刑務所の向かいの酒場にたむろしている男たちのところへ、ある男（a guy）が入って来て「わしらぁ、いってぇ何を待ってるってぇんだ（What are we waiting for?, 137）」と唆したことによる。

この一言は、フォークナーの作品中の言葉のやりとりに比べれば、衝撃度はかなり軽い。首謀者マクレンドンは、過去に戦場で武勲を立てた男で、今日の田舎町の変化のない生活には退屈しきっている。その名前からして恐そうな男が理髪屋に来て、待っている客たちにグサリと突き刺さる言葉を投じて、彼らを行動に駆り立てていく。その刻々のプロセスや「手管」は先に見たとおりである。そのありさまを読んだ読者にとっては、「夜警員」で無名の男の一言に易々と従っていく店の客たちの姿は、いささか安易過ぎるように思われるだろう。

二つ目の違いは、スタインベックの黒人は、火あぶりというリンチより前の段階の、殴り倒された時点で即死しているという点である。黒人の被害者はそのあとで、裸にされ吊るし上げられる。また、「新聞が奴は鬼畜だ（一三九）」と書いてあるという。これらのことによって、生きたままでの火刑という残酷さや痛ましさは軽減される。また右の新聞の記事は（白人の書いた記事でそのまま信頼することはできないが）、リンチの不条理性や、白人の側の罪悪感を軽減している。

一方、マクレンドンの処刑のやり方はもっと陰惨である。いきり立っている男たちが、ウィルをその場で直ちに殺せと叫ぶのを抑える。そして、旧レンガ工場の跡地の底なし沼まで連れて行って、文字通り消してしまおうとする。彼は前後の計算のできる冷徹さをもっている。同時に、黒人自身の恐怖は何重にも引き伸ばされて、惨酷さはさらに増すことになる（この首謀の男の名前は、作品の初めの段階では、プランケット（Plunkett）という軽々しい響きのものだった、ブロットナー、六六五））。両作品の首謀者の姿に見るように、それぞれの人間の悪の底深さがいささか違うようだ。

三番目の相違点は、二つの作品の結末に登場する二人の妻君の姿と夫婦のありさまである。スタインベックの女房のほうは、かなり頭もよく、察しもよい、気の強い女性である。その夜の夫の行為に対して怒り、責めつけるような女性で、夫と平等の立場に立ってものを言ったり行動したりできる人である。その意味では、別の状況下では夫の孤独や悩みを分かってくれる聡明さももっている人物だろう。

一方「乾燥の九月」の妻は、夫を責めるような性格の女ではない。ただ一人で、悩み、苦しみ、それを言葉にならない言葉で夫に訴えようとする。「やめて、あなた。眠れなかっただけなの…暑さなのかしら、何かが。どうか、あなた。わたし怖いの（V）」と。妻も無力で孤独なら、夫も寂しく孤独であることを思わせる様子が透いて見えてくる。

こうして二組の夫婦の姿に見る作品の結末は、まったく対照的である。一方は軽妙なオチによって、読者に意外な驚きを与えるお洒落な結末。そしてその二人の家庭には、ときには団欒を予想することもできる。他方マクレンドンの家では、窒息するような重苦しい沈黙の世界のもとで、夫婦それぞれが一人であがき苦しんでいる。「鳥かごのような家」も、慰めを与えてはくれない。マクレンドンは、「神に見捨てられた人間（ヴォルピー、一二二）」としての姿を晒しているのである。このように、家庭、夫婦の関係という点でも両作品の位相には雲泥の差がある。そこにも、作品の軽重を測ることができるだろう。

おわりに

「乾燥の九月」は、黒人の殺人を引き起こすことになる、鬱屈した男と女の二人の姿が語られている。ただ、その事件を起こしたのは、単に女が流したという噂の力だけではない。男の威嚇的な言動によるものでもないし、退屈した日常のせいだけでもない。南部の風土やこの年の特別に熱く乾いた天候や自然の力のゆえでもない。それらのすべてのものが、からみ合って、最後に文字通りの「殺し文句」も加わって一ひねりしたとき、乾き切った人間たちを支配する引き金が引かれたのである。

　この作品は主題が余りにも惨酷で暗いために、短編の「大傑作」と言うには、ふと腰が引けるところもあるかもしれない。だが、たまたま同様の主題をもったスタインベックの作品と比べてみても、人間の心の切なさ、その強さと弱さ、崇高さや罪深さ、恐怖、悲哀等の描き方の奥深さに、改めて感嘆するところが多い。まさに、「アメリカ文学の一隅で、永遠の位置を占め続ける（ヴォルピー、一二六）」作品と言ってよいのである。

〔注〕

1 貧困さを示す指標の一つに「食糧不安」があるが、その（食の不安）に襲われている世帯数の割合の多い州は、ミシシッピ州を含め南部に集中している。全米の数値の平均が一一．四％に対して、一五％を超えている州は、テキサス（一六．四）、ミシシッピ、ニューメキシコ（共に、一五．八）、オクラホマ（十五．二）の四州である（USA TODAY, June 15, 2006）
　また、この地域の交通の不便さと言えば、たとえば、メンフィスの国際空港からミシシッピ大学のある都市オックスフォードに行くための公共交通手段は、（小さな航空機を利用するほかには）タクシーしかない〔ダウンタウンから約１００キロ、タクシーだと一四四ドルであった。２００６年〕。かつてはバスの便があったのだが。

2 「ジュレップ（julep）」は南部人独特のウイスキーの飲み方で、フォークナーの書いた推理物のなかにも（"An Error in Chemistry"〔1940〕, のちに *Knight's Gambit* に組み込まれる）、北部人と偽っている男が、ジュレップを飲むことで南部人であることがばれる場面がある。

3本作品は、極めて短い作品（もっとも一般的なテキストとして採用されるヴィンテージ版ではたった一六ページ）なので、引用の際には、そのページ数を示す代わりに、その作品のセクション（I～V）で示す。そのほうが、別のテキストや翻訳を参照する方々にも有効であろうから。

4この発言を始め、以下担当ゼミ・クラスの学生のアイデアや示唆に負うところが少なくない。

5ブルックスの本以外で意外にも「乾燥の九月」を傑作のグループに入れていないものとしては、二〇〇四年刊のパリーニ著『フォークナー伝』である。昨今の社会の倫理意識やPC意識が、傑作短編の選考基準を多少なりとも左右したのだろうか。

6この表現はテキストでは〝you damn nigger lover〟であり、John Grisham の *A Time to Kill*（1989）では、〝nigger-loving son of bitch（85）〟と言われている。（〔余談〕今日の若者にとってグッツとくる「殺し文句」は、3位「君の瞳は海より深く、空より…」、2位「太るぞ」、1位「できちゃったの」とのこと――何年か前の担当クラスの学生たちから）

7フォークナーのほかの作品の中の人物や（「八月の光」のジョー・クリスマス）、わが国の小説の人物（藤村の『破戒』の丑松）の人生にも、「殺し文句」が大きな問題になっているところを見ることができる。それについては、拙稿「殺し文句―藤村とフォークナー」（日英言語文化研究会編、『日英の言語・文化・教育―多様な視座を求めて』三修社、二〇〇八年三月）。

8ウイル・メイズ擁護派のホークショーがここで殴り返す場面について、「白人優越の通念の拘束力の強さを示すもの」という解釈もある（ヴォルピー、一二六）。この箇所について、かつてのクラスの学生は「小さい頃から二つ年上の兄とよく殴り合いのけんかをしたので、そこを読む前にすぐ〈殴り返す〉と思った」グループと、（もし自分が作家だったら）「彼は黙って口をぬぐってその場を去った」と書くというハードボイルド派、あるいは「彼は苦笑いをして、少し間をおいて2倍にして殴り返した」や、「隠していたハサミでカウンター攻撃をする」ヴァイオレンス派、「殴り返さないで、黒人と一緒に逃げてしまう」というハックルベリー・フィン派などがあった。総じて、「すごい面白い所で人間の性（さが）が見事に表れている」という感想であった（一九九三年、英米文学科のクラス）。

9右に記した拙稿（『明治大学教養論集』、通巻263号）のなかに留めた、「言い落とし」で「宙吊り」になっている、ミニーの小耳に挟んだ若者達の会話の箇所についての、学生たちの想像による補充の一部は以下のとおりである（いささか旧い文章だが、ある一時期の若者たちの言葉として、またさらに今日でも通用するフレッシュな省察や言葉として再録したい）。

（1）ミニーの年齢や場違いな様子を皮肉る類いのもの
（イ）「ヤダーあの人また来てるわよ」「年を考えろよ、年を」「場違いだと思わないのかしら。私だったら恥ずかしくってとても出られないわ」
（ロ）「年とったおバンがこんな所でねぇ〜」「私たちの雰囲気もり下がっちゃうわよねぇ〜」「やだやだ」
（ハ）「来てる、来てるよ、ほら、よく来るよな」「あんな格好しちゃって、同じ女の子としても恥ずかしくなっちゃうわ。みんなにどう思われているかなんてちっとも気づいちゃいないのよ」

一〇年余り前の若者の、当時の生の言葉だが、歳月を経ても一向に古くなったようには思えない生き生きとした言葉である。またなかには、若者ならではの、奔放で残酷な章句、歳をとった者には痛い文言も少なくない（発言者の名前については、前述と同様）。なお、今日（二〇〇〇年代後期）の青年たちも、様ざまの面白いアイデアを示して見せるが、次のようなことを平然と言い、またそれを聞く者たちも笑って受け入れているあたりは時代の違いを思わせる。

（ニ）「あ、ミニーだ。あの女、きっとまだ処女だよなー」（一同、笑い）

（2）ミニーへの当てこすり――生きている世界の違いを知らしめようとする類いのもの
（イ）「あなたたち恋人できた?」「もちろんよ、今度デート行くのよ」「ふーん、そうなんだ…。俺も彼女欲しいけど、クーパーみたいなのは願い下げだな…。何だかあいつってさ…」「しっ…!　彼女がこっち見てるわ」
（ロ）「ボブとはうまくいってるの?」「来月結婚よ。それに子供もできちゃったの。メアリー、あなたは?」「ね〜ぇ（トムの袖口をひっぱる）」「へえ、トムとねぇ…。みんなうまくやってんのね…」
（ハ）「今日は、みんなすごくきれいだよね」「そんなこと言って…。もっと若い子の方がいいんでしょ（笑い）」

「君たちは、まだ十分若いよ」「そうかしら…。クーパーさんよりはね」（男・女、笑い）

若さの特権とでも言っていいような、皮肉たっぷりで、言いたい放題、しかも的を射た表現である。また所々には、それが書かれた時代の流行や習俗もうかがわれ、また一方では今日の青年たちの言葉と重なるような〈進んだ〉言葉や風俗も伺われたりするところが興味深い。そしてパーティーの晩ミニーが実際に小耳にはさんだお喋りは、これらのいずれでもあり得るだろう。

第三章

「エミリーへの薔薇」

―そしてまた、読者「宙吊り」の表現技法―

はじめに

この章では、この作家のもっともポピュラーな作品「エミリーへの薔薇」("A Rose for Emily," 1930)を取りあげることにする。その人気の理由は、次に掲げる「セールスポイント」の通りだが、まずは、この作品を読むうえでの前提となる、物語の展開を概観することから始めることにしよう。続いて作品の読み処や、「言い落とし」の箇所の意味を検討し、さらには「補完」の試みや楽しみについて述べていきたい。

〔一〕作品の概要

一・本作品のセールスポイント

(一)フォークナーの短編小説のなかでも、もっとも有名な作品。
(二)短くて、読みやすく、わかりやすい(新潮文庫版で二〇ページ)。
(三)フォークナーの南部の風土や人物像、そして言語表現の典型に出会える。
(四)「結末は、アメリカ文学史上最大のサプライズの一つ」(パリニ、一六六)。

（五）（担当ゼミの女子学生の感想をそのまま借りると）、「エミリーさんは痛々しく」、「ただ可哀想と言うだけでは済ませられないほど切なくて」、その孤独は、読んでいて「一人で泣きたくなるほど哀しい」。

（六）また、（同男子学生の感想から）、「家が没落さえしなければ、エミリーもこんな風な人間にはならなかったろうに」、「ヘンに悲しい女の人に、薔薇でもあげなければ、かわいそう」と言った作者に妙に感心した」。

二．作品の執筆時期

一九二九年夏、エステルとの新婚旅行から帰宅して早速執筆にかかる（二人は新婚旅行中にも、諍いがあったようだ）。

三．執筆を巡る諸事情

題材は、実際に作家の故郷の町にあった出来事——一家の反対にもかかわらず結婚に踏み切った女性の話——をもとにしているという。フォークナーにとって、初めて全国誌に受け入れられた作品であり、以後一層創作に没頭するようになる。新婚早々の妻を放置しがちになり、両者の仲はいよいよ険悪化した。

〔二〕作品のあらすじ

一．登場人物

かつてのゼミの学生が、人物の重要度に応じて以下の三様に分けて説明したことがあり、たいへんわかりやすかった。ここでも、それを踏襲させていただく。

一軍 エミリー・グリアソン（没落旧家の一人娘）、彼女の父、ホーマー・バロン（舗装道路工事の現場監督）、代々の町会議員、語り手（同じ町に住む男性、名前はない）

一軍半 町の人々、スティーヴンズ判事、薬屋と店員、バプティスト派の牧師、トービー（グリアソン家の召使）

二軍 サートリス大佐（元町長）、エミリーの従姉妹たち、道路工夫たち、町の子供ら

二．「エミリーへの薔薇」の展開―テキストに従って

（一）物語中の時間区分について

作品は、長短が一定しない（I）から（V）までの五セクション（節）に分かれ、一人の語り手によって話が進められていく。物語を語る人物の名前は述べられてはいないが、町の人々の思いを代表する人物と言ってよい。この作品を読む際にかなり難しく思われるのは、七〇余年のエ

ミリーの生涯の物語が、単純に時間の流れのとおりには進んでいないことである。ある事件の物語から、それによって連想された別の事件や噂話へと、語り手の意識の赴くままに物語られていくのである。これは、この時期のフォークナーの代表作『響きと怒り』（一九二九）などにも見られる、語り手の「意識の流れ」のままに語り進める手法である。以下I～Vの各節（セクション）の内容の概略を記そう。

なお語られる主な出来事を、時間の流れに沿って整理し理解を助けるために、時間帯の目印として、以下の文中に便宜的に、「過去」、「中過去」、「大過去」と、カッコ内に記しておきたい。その際、冒頭の物語が始まる時点を「現在」とする。なお必要に応じて、それぞれの時間帯のなかで、さらに大まかにその〈（もっとも「現在」の側に接近した）後期〉、〈中期〉、〈（もっとも古い時間の側に寄った）前期〉と、補足的なラベルを付したい。なお、それぞれのおよその「時間帯」と、その「時間帯」のなかで語られる主な出来事をあらかじめ示すと、次のようになる。

「現在（の時間帯〔以下時間帯という記述を省略〕）」——　エミリーの死去と町民の屋敷訪問
「過去」　——　エミリーが死去する一〇年前、町の議員たちのエミリー家訪問
「中過去」——　右の「過去」の時間帯の前三〇年間ほどの期間、彼女が引きこもりになる時期
（この時期の後期、前期に主要な出来事の一部が起こる）
「大過去」——　「中過去」以前の2年間余り、エミリーの父親が死去し、ホーマーと出会った月日（後期、中期に主要な出来事の一部が起こる）

（二）各セクション〔（Ⅰ）～（Ⅴ）〕の概要

ここでは、テキストのセクション（Ⅰ）～（Ⅴ）のそれぞれの箇所で語られていることの要点を、そのまま記す。すなわち、前述のとおり、物語は語り手の意識の流れるままに語られるので、時間の面では未整理のままであり、読者の頭のなかは相当に混乱させられる。

（Ⅰ）エミリーが死亡。享年七四歳。全町民が一〇年間誰も訪れたことのない家に向かう〔現在〕。彼女は、サートリス大佐（元町長）が納税を免除した一八九四年以来の〔中過去〕、町の文化財的な人物。だが一〇年前には、新世代の町民の代表が納税を求めて、この邸宅を訪問したことがある。しかし、彼女の言う納税義務免責論を論破できず退邸した〔過去〕。

（Ⅱ）右の訪問とその失敗は、三〇年前に彼らの父親たちが、「悪臭事件」で同様に退散させられたことを連想させる。それは彼女の父親の死から二年後で、恋人の失踪からすぐあとのことであった。住民が異臭に対する不平を申したてても、町長や判事たちは、「はて、そなたはまさか淑女の面前で斯様なことを伝えよと申すのか」と言うような時代であった。その夜半、邸に男たちが忍び込んで石灰を撒く〔大過去・中～後期〕。かつての彼女のイメージは、ムチを片手に玄関に立つ父親の背後で佇んでいる箱入り娘だった〔大過去・前期〕。彼女が三〇歳を過ぎる頃、父が没する。町の女性が弔問するが、彼女は父親の死を認めない。牧師や医師たちがなだめすかして三日後にようやく埋葬する〔大過去・前期の後半〕。

（Ⅲ）父親の死後暫くして彼女は髪を短く切って姿を現す。町に舗装工事が始まり、エミリーは工事監督のホーマーとドライブをするようになる〔大過去・中期初め〕。その様子を見る町の人々の感情は、喜びから、疑問、懸念、哀れみにと変る。彼女は薬屋で砒素を購入〔大過去・中期、中期半ば~後半〕。

(Ⅳ)結婚式も挙げずに逢引きをする二人に対して、町の婦人たちは牧師に忠告に赴くよう依頼したり、親族の来町を求める。二人は結婚するかに見える〔大過去・中期半ば~後半〕。やがてホーマーの姿は消える。次にエミリーが姿を見せたときは、太って髪も黒灰色に変わっていた〔大過去・後期〕。彼女の四〇歳前後の数年間は子供たちに陶器の絵付けの指導をするが〔中過去・前期〕、次世代の親は子供を送らなくなり、彼女の屋敷の門は閉ざされ、町との関りも閉ざされる〔中過去・後期〕。時は去り、星は移り、彼女は黒人召使だけに看取られて死ぬ〔現在〕。

(Ⅴ)二人の従姉妹と町の人々により葬儀が行われ、エミリーは埋葬される。その後人々は四〇年間閉ざされたままの二階の部屋をこじ開ける。厚くたまった埃の下に新婚の夜の部屋と装いが整えられており、新床の上には男の遺骸が横たわっていた。その横の枕の上には、一本の黒灰色の髪の毛があった。〔現在〕

物語はいきなりエミリーの屋敷とその死の場面から説き起こすという、ミステリー小説にも似た異様で大胆な仕立てである。その葬儀に町中の人たちが、男たちはエミリーへの「敬愛の念から、女たちは…邸宅のなかを見たいという好奇心から(Ⅰ)」出かけて行く(この男女の思考法の違いを鮮明に示した表現のおもしろさについては後述する)。[1] ここからエミリーの行状や町との関り、そして彼女を巡る町の人々の噂話が、前述の「各セクションの概要」で示したように、巧みな話術に乗せられて、様ざまの出来事のなかに織り込まれながら終局のビッグ・サプライスに向かっていくのである。

なおまた、時間の流れがばらばらで複雑に入り組み、いかにも読みとり難く見えるが、ストーリーの骨子をごく単純化して言えば、〈恋人を殺し、その死体を抱いて寝ていた孤独な女性の物語〉である。古今の文芸作品のなかにもそうざらには見られない女性の苛烈な生涯の物語である（もっとも、今日の世相を見ていると、そう意外でもないが）。それを、彼女と同じ町で生きてきた無名の語り手が、町の人々が彼女をどう見ているかという視点を入れながら、彼自身が彼女をどんなふうに見たり思ったりしてきたかを物語るといったあしらいの作品なのである。

〔三〕「エミリーへの薔薇」の読み処（Ｉ）―エミリーという人物

一・エミリーの生涯

（一）時間の流れに沿って―「大過去」から「中過去」まで

さて、作中の中心人物であるエミリーの人物像を捉えるために、改めて筋をたどるのも芸がないが、やはり彼女が若かった「大過去」の頃から、それぞれ特色を表す典型的な箇所や出来事を、時間の流れに沿って順に再構成して、彼女の人間像を考えてみよう。その際、彼女を見たり語ったりする人が、「私ら（we）は…と言った／思った」と語るときと、若い世代の人々を意識して「あの人ら（they）は…といった／思った」と語るときとでは、エミリー像も随分違って見えてくるということにも、注意していきたい。

またこのときもう一つ留意したいのは、彼女を巡る様ざまの出来事の年代の特定である。作品のなかで、明らさまに当該の年号が語られるのは、「サートリス大佐が彼女の税金を免除した一八九四年のあの日（I）」という一箇所だけである。そこで、そのあと「彼女の父の死去の日に遡っての免除」と続くので、父の死亡した年も同じ一八九四と解し、それに基づいて種々の出来事の年代を設定し、彼女の七四歳の逝去を一九三六、七年とする読み方を始め、従来様ざまの解釈がなされてきている。本稿では後述のとおり、サートリス大佐の右の布告があった年を、彼女が四〇歳のころ、（心ならずもアルバイトで子供らに絵付けの指導をした時期）と解釈したい。

（一―一）「大過去―前期」のエミリー（三〇歳前後の彼女と、父親の死まで＝一八八四年前後）

「私ら」が見たり聞いたり考えたりしたこと

（イ）彼女と父親の姿を、「開いた玄関ドアの前で両脚を広げて立っている父親と、その影のなかに立つ白いドレスを着た細身の女性の絵（II）」と思い描いていた。

（ロ）彼女が独身で三〇歳を越えたとき、結婚相手に贅沢を言うべきではなかったと、「私ら」は溜飲を下げた思いになる。

（ハ）父親の死に出会って、彼女が人並みの女性になるだろうと「人々」は喜んだ。だが、エミリーは牧師や医師たちを前に、その三日後に警察による強制執行のある直前まで、父の死を否定し続ける。「私ら」は、彼女が「すべてを奪っていった人に執着し続けるのも人として当然のことと思った（Ⅱ）」。

以上のことから、若いころの彼女は、名家の気ぐらいの高い箱入り娘であること、そして少々頑固な父親っ子であることがわかる。なお語り手は、彼女の容貌や言動については何も語っていない。彼女は、語り手たちにとっては高嶺の花だったためだろうし、またこの一族には頭脳に風変わりな面もあって（Ⅱ）、一層の距離を感じていたためでもあったのだろう。もっとも、彼女は一枚の「劇的静止画（タブロー）」に喩えられるくらいだから、人々の感情や官能に生々しく訴えてくるようなヴァイタリティや魅惑に満ちた女性ではなかったのだろう。

（一―二）「大過去―中後期」のエミリー（父親没後の夏から二年間ほど＝一八八五年―一八七ごろ）

「私ら」が見たり聞いたり考えたりしたこと

（イ）父の死後久しぶりに姿を見せた彼女は髪を短く切り「少女のようで…一種悲劇的で清澄さを帯びていた（Ⅲ）。

（ロ）その夏、町に道路の舗装工事が始まる。彼女は、現場監督のホーマーの黄色い車輪の馬車で逢引きを重ねる。

（ハ）「私ら」は彼女に関心事が見つかって嬉しく思ったが、それが長引くと、人々の思いは懸念から批判まで、様ざまに変化する。

この時期のエミリーの行動を見守る、町の人々の揺れる視線や心の動きは、この作品のおもしろさのもう一つの大きな要因である。「私ら」はエミリーの逢引きの様子をまず喜び、やがて堕落したと思う（Ⅲ）。なかでも婦人たちは、「グリアソン家のお人ともあろう方が、まさか北部生まれの日雇い人夫ごときと祝言なぞ思いも遊ばしますまい（Ⅲ）」と考えながら。町の人々のなかでも、年長の人々は「可哀想なエミリー」と言い、そしてまた名家の恥だとか何だとか言いながら、カーテンの陰から二人のドライヴを覗き見ている（Ⅲ）。

（ニ）その間二年ほどの間に、婦人たちは、バプティストの牧師に彼女のもとに忠告をしに赴くよう強いたり、従姉妹を招請する手紙を書いたりする（Ⅳ）。

（ホ）やがて二年の月日が流れ、二人の従姉妹が訪れたとき、彼女は砒素を買う。薬局の店主が用途をいぶかしみ、売り渋ると、こんな情景が展開する――

エミリーさんは旦那の視線を捉えなすって頭をうしろに反らせて睨みつけなさると、旦那は目を逸らせて奥に入り砒素をお包みした。配達係の黒人店員が包みを持って出て参り、旦那の方は出ては来なさらなかった。あのお方がお邸に戻られて包みを開けなさると、箱の上には頭骸骨と、X印型に組んだ骨の絵が描かれ、その下に「殺鼠用」と書かれてあったそうです。（Ⅲ）

ここにも、彼女の頑固さと並はずれた意思の強さがうかがえ、フォークナーらしい巧みな細部の描き方が見られる。応対した薬局の店主の戸惑いや気弱さが、目に浮かぶように語られている。引用の最後の〈用途〉を示す絵と文字に見られる、彼の精一杯の自己弁護が、読者の微苦笑を誘うところなど、特にフォークナーらしい見事なユーモアである。

（ヘ）その後も人々は、彼女が自殺するだろう、結婚するだろう、いや未だだ、いや従姉妹たちが来たから結婚するだろう等々と思い巡らす（Ⅳ）。

（ト）さらに、彼女はホーマーの化粧道具や寝間着を注文した、（だから）結婚したらしい、さすがは一族の従姉妹たちだ、と安心する。その後、一時ホーマーが留守をしたが、従姉妹たちが帰ると、また戻って来た（Ⅳ）。

（チ）まもなくホーマーの姿が見られなくなる（Ⅳ）。

（リ）その直後、その三〇年後に市議会の議員たちがエミリーの屋敷からにべも無く追い払われたように（Ⅰ）、邸宅を巡る悪臭事件で、その始末をするために屋敷に入った男たちが、ほうほうの体で逃げ出してくる（Ⅱ）。

（ヌ）その後かなり時が経って姿を見せたエミリーは、太って白髪も増え、それがやがて黒灰色になっていく（Ⅳ）。

「エミリーへの薔薇」が、エミリーの生涯の物語であると同時に、彼女を焦点とする町の人々と語り手の目や耳や意識、そして時にはお節介の様子を巡るありさまの物語でもあるという、重層的な作品であることが改めてよくわかるところである。

（一―三）「中過去」のエミリー（エミリー四〇歳ごろの六、七年＝一八九四―一九〇一年始めごろ）

（イ）彼女が四十歳のころの日曜日の六、七年間は、サートリス大佐の世代の人々の娘や孫たちに陶器の絵付けのレッスンをしていた（Ⅳ）。

「私ら」が見たり聞いたり考えたりしたこと

ここで、この作品に関してもっとも厄介な問題の一つ、年代の特定に関して、一つの考え方を述べてみたい。すなわち、彼女が絵付けの教室を開いたこの時期を、「サートリス大佐が納税免除の法令を出した一八九四年」と解したいということである。大佐は、気ぐらいの高いエミリーが、絵付け教室を開かねばならないほど生活に困窮している様子を見かねて、そのような法令を出したのではないだろうか。また、そうすると、彼女の七四歳の死亡時期が、この作品の書かれていた一九二八年ごろと特定でき、先の一九三八年死亡説に比べても、このほうが作品として極めて自然な成り立ちと言ってよいだろう。また市の議員が屋敷を追い払われた時期（後述する一九一六、七年ごろ）と悪臭事件の間隔が、ほぼ三〇年でうまく辻褄があってくる。

（ロ）だが次の世代の人々が町の中心になり、娘たちも成長すると、自分らの子供たちをエミリーの邸宅に送らなくなった。エミリーは門を閉じ、そのころ求められた地番表示や郵便受け箱の設置も拒否し、孤立が深まる。「私ら」には門を出入りする黒人が次第に老

いていく姿だけがみられた（Ⅳ）。

（二）　エミリーの生涯—「過去」から「現在」まで

（二—一）「過去—前期」のエミリー（門が閉ざされてから、新しい世代が町の中心になるあたりまで＝一九〇〇年前後～一九一五、六年ごろ）

「私ら」と「彼ら」が見たり聞いたり考えたりしたこと

（イ）「町」は毎年十二月に納税通知を送ったが、一週間後「受取人不在」で戻ってきていた（Ⅳ）。

（ロ）エミリーが時折窓辺に佇んでいるのが見えたが、「私ら」を見ているのか見ていないのかわからない（Ⅳ）。

（ハ）そのまま彼女は、「大事で、見捨てがたくて、犯しがたく、穏やかで、途方も無いものとして（Ⅳ）」受け継がれていった。

（二—二）「過去—後期」のエミリー（新世代の人々が町の中心になったころ＝一九一五～七年ごろ）

「私ら」と「彼ら」が見たり聞いたり考えたりしたこと

（イ）この時代になると、近代的な新しい思想をもった次の世代が町長や議員になる。（Ⅰ）。すると、「彼ら」は、「年の初めに納税通知を送ったが、二月になっても応答がない

（Ｉ）」。

本書は、この時期を一九一五～七年ごろと設定したい。すると、これに続く出来事、すなわち市の議員たちによるエミリー邸訪問の出来事が、彼女の死んだ時点での「彼女の家に、過去一〇年間誰も入った事がない（Ｉ）」という言葉とも平仄が合ってくるのである。また、先の悪臭事件（一九八五～七年ごろ）との「三〇年の間隔」も合ってくる。

（ロ）そこで、正式の手紙を書き…、一週間後には町長自身が参上するなりお迎えに参じたい旨書き送ったところ、「…古風な様式の紙に薄いインクの細く流れるような字体で、ご自身はもはや外出はなさらぬ旨の返書を受け取った（Ｉ）」。「彼ら」は臨時町議会を開き、代表者を屋敷に送ることを決める。

（ハ）屋敷訪問の当日、彼らは「ヒビの入った重厚な皮製の調度が置かれ、座ると彼らの腿のあたりにかすかな埃がゆるゆると立ち上がり、差し込んでくる光線の中の粒子と絡まりあっていく（Ｉ）」部屋に入る。エミリーの入室を起立して迎えた「彼ら」の目に映った彼女の容貌はこんなふうであった—

その人の骨格は小さくて華奢だった。だから他の人なら豊満としか見えなかったのに、この人の場合はでぶとしか見えようがなかった。この人は澱んだ水に長い間沈められていた死体のように水ぶくれし、青黒い色をしていた。むくんだ顔に埋められた目は、こねたパン粉の塊のなかに押し込まれた二かけらの石炭のようであった。

（中略）

「サートリス閣下にお会いになって下さいまし。わたくしは町では納税は免責でございます」

「ですが、エミリーさま――」

「サートリス大佐にお会い下さいまし」（サートリス大佐は一〇年ほど前にこの世を辞していた）わたくしは町では納税は免責でございます。トービー」、黒人が現れた。「こちらの殿方をお送りしなさい」（Ⅰ）

ここには、彼女の容姿の表現の凄まじいほどの的確さ、そしてグロテスクさ、またそこに潜むユーモア性を見てとっていいだろう。また、旧家のかつての令嬢の剥落ぶりは、昔は町の目抜き通りにあった豪邸が今では「頑固で艶な凋落の姿の虚勢を見せている（Ⅰ）」ことに、よく呼応していると読んでよいだろう。また、エミリーの容赦のない対応に、老いて一層頑固になった彼女の姿を見てよい。

（ニ）その後、「私ら」は、時折一階の部屋の窓際に佇む彼女の姿を見たりしながら、月日が移っていった（Ⅳ）。

父親の死のことでも、不倫のことでも、悪臭のことでも、たとえ税金のことであっても、町の人々が関心をもってくれるうちはまだよかった。世間や人々との何がしかの繋がりがあるのだから。だが、このときから彼女が往生するまでの一〇年間ほどは、町の人々から孤絶し、忘れられていく。

（ホ）「私らも彼女の消息を黒人召使から手に入れることに長い間に飽いてしまっていた

(Ⅳ)」。

(へ)そして「私ら」の「誰一人彼女の病気のことも知らずに、彼女は世を去った(Ⅳ)」。

(二―三)「現在」のエミリー(七四歳の大往生＝一九二八年ごろ＝本作品が執筆されていた時期に相当する)

「私ら」と「彼ら」が見たり聞いたり考えたりしたこと

(イ)彼女が埋葬されると、「彼ら」が「過去四〇年の間誰もみたことのない(Ⅴ)」二階の開かずの間のドアをこじ開ける。

(ロ)ほのかに鼻をつく酸味の臭いのなかで、バラ色のカーテン、バラ色の電灯の笠も色あせている。埃の下には、イニシアル入りの銀製の洗面具、そしてカラーやタイ、服や靴、靴下が、今脱いだばかりのように、整えられている(Ⅴ)。

(ハ)床の上には男が寝ており、「私ら」はぞっとしながら立ち尽くす。やがて「私らは二つ目の枕にも頭の形に沈み込んでいることに気がついた。私らの一人がそこから何かをつまみあげ、…私らは一本の長い鉄灰色の髪の毛を見た(Ⅴ)」

この箇所こそが言うまでもなく、「エミリーへの薔薇」を永遠のものにした印象的な幕切れのシーンである(また、チャンドラーの『長いお別れ』(一九五三)の〈リンダ・ローリングの使った〉枕に残った黒髪と並んで、〈文学史に残る一本の髪の毛〉と言ってよいだろう)。ここに及んでようやく、エミリーは、ホーマーを殺し、しかも一時彼の遺体の横に寝ていたことがわかるのである。それがいつごろのことで、どのくらいの期間に及んでいたのかという点も曖昧なままである。だが、髪の毛がそこに残された時期は、(Ⅳ)で語られた髪の色や長さから推測すると、ホーマーの死後かなりしてからの「大過去—後期」、あるいはエミリー四〇歳の頃の「中過去」以降「現在」までの間のいつかのことだろう。なおまた、死んだホーマーを床の上で最初に抱擁したのは、新婚の部屋を整えた三〇代前半のときからのことと考えるのが自然だから、彼女は相当に長期に渡って、死体を抱いて寝ていたことになる。

彼女の生涯は、親兄弟も配偶者も友もなく、孤独のうちに過ぎていった。それも名門に生まれたことや、父親譲りの気ぐらいが高く頑固な性質のためであった。それがやがて、町の人々が咎めだてするような恋愛を貫き通すことになり、孤立は益々深まった。しかも彼を殺して永遠に自分のものにする。驚くべき意思の強さである。彼女の生き方を、語り手はときに「一族の精神の病い(Ⅱ)」のせいにすることもあるが、むしろ「過剰な誇りの罪(ブルックス、一四)」というほうが当っているのではないだろうか。

二.エミリーはなぜホーマーを殺したのか

ところで、エミリーが恋人を殺した理由は何だったのだろうか。たとえば、ホーマー自身が語っているように彼が「結婚するタイプではない(Ⅱ)」とか、浮気性だったからなのだろうか。だから、彼を殺して独占したかったという思考経路も、無理のないものである。多分、それが真実にもっとも近い推論だろう。ただし、ホーマーがもし彼女の独占欲や結婚願望が露骨にわかっていたら、逃げ出す機会はいくらでもあったはずである。たとえば、従姉妹の来訪のときに一時屋敷の外に出たことがあったが（Ⅳ）、これを幸いとして逃亡することはできたはずである（もっとも、その機会は承知していたがまた舞い戻って来たのは、男という性の欲深さや未練や優柔不断のためだったのかもしれない）。

ただ、死体を抱いて寝ていたエミリーからすれば、ホーマーの生死は問題ではなかった、ということは注目してよい。彼女は、生きた男の個性や温かさ、力やセックスや経済力などいっさいのものは、欲しくはなかったということである。ただ「所有」の感覚だけが必要だったのである。いったいこれはどんな思考のメカニズムのゆえだろうか。

かつて語り手の「私ら」は、エミリーの父親の死後に、「彼女には残されたものは何もなかった」と考えた。そして、「何も残されていなければ、…ご自身からすべてを奪っていったものにしがみついてすがるほかはありますまい（Ⅱ）」と思っていた。すなわち、「人はみな、己からすべてを奪った人や物に却ってこだわり執着する」と考えていた。このとき、語り手の「私ら」は、「すべてを奪っていったもの」＝「父親」、という文脈でこの名文句を思い、彼女が父親の死を受け入れず葬儀もしようとしなかったことも、容認しようとしていた。

しかし、その名文句は、父と娘の間のこだわりに関わるものというよりは、実は、彼女とホーマーの関係についてよりよく当てはまるのではないだろうか。実際、このホーマーこそ彼女から「すべてを奪っていったもの」だったからなのである。つまり、「私ら」もよく承知していたとおり、彼女が彼と交際し、やがて「堕落（fallen）（Ⅲ）」した。すなわち、彼こそは彼女の処女性を奪った男だった。これは、一九世紀から二〇世紀始めの時代の通念からすれば、女性のすべてを奪ったことにほかならないことだった。

だとすれば、エミリーがホーマーを殺したり、死体とともに寝ていたのは、ただ単に彼をほかの人に渡したくなかったり、永遠に「所有」したかったためではなかった。また、「死者は、生者よりも長い命があり、より実体のあるものである（ブルックス、九）」といった抽象的なことのためでもない。むしろ、彼女は広く町の人々の通念にある行動に沿った振る舞い、すなわち「自分からすべてを奪ったもののもつ牽引力」にこだわり続けるという行動をしたまでのことであった。ただ、彼女のすべてを奪ったのは、町の人々の考えていた父親ではなく、初めての本当の恋の相手のホーマーであったし、それゆえ彼女が「すがり、固執した」のは、そのホーマーであったのだ。

〔四〕「エミリーへの薔薇」の読み処（II）―町の人々とエミリー

一・世代別エミリー観

先の「過去」の時間帯の場面で、議会の代表者がエミリーを訪れたとき、「彼ら」が見たエミリーの外見の描写は、皮肉に満ちたどぎついものであった。皮製の椅子はヒビが入り、やってきた「黒服を着た背の低い太った女」は、「澱んだ水の中に長い間沈められていた死体のように水ぶくれし」、目は「パン粉のなかに突っ込まれた石炭」のようだった。彼女が「おかけくださいまし、の挨拶もなかった」ことも、語り落としていない（Ⅰ）。この場面には、彼女のなかに少しでもプラスの面を見出そうという視線はいっさいない。落魄した老残の姿だけしかない。一人の老女の容姿や言動を、こうまでネガティブに描き出すのは、惨酷過ぎないだろうか。語り手に何か一物あるのか、と疑いたくなりさえする。

これは、この場面でエミリーに会った人たちが「私ら」ではなく、新しい世代の「彼ら」だったから、と考えるべきであろう。実際のところ、エミリーの「過去」を語る視線や価値判断の中心になる観点の主は、それ以前の「大過去」から「中過去」までの「私ら」とは違って、モダンな世代の「彼ら」に代わっているのである。そんな「彼ら」にとってエミリーは、何の感情移入も必要ない一人の町民にすぎないのだから。この町に住む者としての当たり前のはずの納税の義務すら果たさない彼女が、醜悪な女にしか見えなかったのも、けだし当然のことである。

さらに、作品の「現在」の時点で、四〇年間締め切られていたドアを、強引に「こじ開ける（Ⅴ）」ときの主語も、「私ら」ではなく、「彼ら」である。ここの場面でも、もしエミリーに近い世代の「私ら」だったら、強引な手立てで婦人の秘密の部屋のドアをこじ開けるようなことはできなかったであろう。

かつてのエミリーは、「私ら」の目からはもう少し温かく迎えられていた。この点で、先の

「彼ら」の目に見えた、彼女の異様な姿とは大違いである。「私ら」は、たとえば、「大過去」の恋愛騒動のときなど、一部の人々、それも年長の女性は別として、彼女と一緒に一喜一憂していた。ただ前述のとおり、彼女の容姿については、「白いドレスを着たほっそりとした（二）」という以上の表現はない。だが、積極的に容姿を褒めたり評価したりする発話はないとしても、否定的な言い方は皆無であった（このことから、エミリーは必ずしも美貌に恵まれた人ではないのか、それとも「私ら」の世代の人々は、婦人をそのような観点から見ようとするのを不敬に思っていたのか、テキストの範囲内では不明ではあるが）。(2)

こうして、「エミリーへの薔薇」のもう一つのおもしろさとして、エミリーという一つの記念碑的人物が、時の流れとともに、町の人々にどのように受け取られ、見られてきたかという変転の様相が読めるということがある。そして、時の流れの無常に感じ入ることができる、という点である。

二．男女別エミリー観

この作品は冒頭から、エミリーの葬儀に町の人々全員が出かけるところから説き起こされる。それを受けて「男は倒れた記念碑に対する一種尊敬に満ちた愛情から、女は老いた召使以外には、…少なくも一〇年間は誰も見たことがない家のなかを見たいという好奇心から（Ⅰ）」出かけた、と続く。作品の初めから、男と女の特質をユーモラスに、また辛辣に語る一節が組み込まれているのである。男女の特性を一般化するのは必ずしも好いことではないし、この箇所に関しても反論はあるだろう。だがこの語り手の世代には、このように考える人も多かったはずである。よく言えば男の義務感の強さと女性の旺盛な好奇心、皮肉に取れば体面を取り繕う男と軽薄で物見高い女の特徴が見事に対比されている。

この作品には、ほかにも同様の切り口が見られる。エミリーの免税措置にあたって、サートリス町長は「エミリーの父君が多額の金を町に貸与したので、当局としてはその子女に対する免税という返還法で報いるのが一番好都合である」という複雑な話を仕立てあげた。そして、語り手は「サートリス大佐の世代の考えをもった男衆だけが拵え上げることのできる話で、女衆だけが信じ汲んでやることのできる話だった（Ⅰ）」と言い添えている。つまり、男たちの女性尊重、南部的騎士道精神や想像力とでっち上げ力、一方女たちの素直さや単純さなどを滑稽味を交えて的確に表現している。

物語の「中過去」や「大過去」の時間帯でも、男女の違いがいかにも「らしく」描き分けられている。たとえば、エミリーの家から出る悪臭に不平を言い、「あの人に言ってやってくださいまし（Ⅱ）」と最初にクレームをつけてくるのは女性。翌日役所に来た男はもっと弱腰で、「私らは何とかしなくてはいけなせんなあ」といった姿勢でクレイムをつけている（傍線は引用者）。女性と男性の思考の特色の一面がよく表れていると言えるだろう。また、エミリーの父親が死んだときとか、ホーマーとドライブを繰り返す箇所でも、女性の特有の優しさとお節介に由来する言動が、よく語られ、描かれている。彼女の屋敷へ牧師を向かわせたり、隣の州から従姉妹を呼び寄せる手紙などを書いたりするのも、やはり女性たちである。

そのほか、エミリー対牧師、彼女対薬局店主、そして彼女対議員たちの対立の場面では、いずれも「あのお方は男衆をコテンパンにやっつけた（Ⅱ）」のである。フォークナーはしばしば「女嫌い」といわれ、女性をネガティブに表現することが多い。この作品のエミリーも、温かさや優しさを欠いた自己中心的な女性として見られている部分がある。それは、たとえば、『響と怒り』のコンプソン家の女あるじのコンプソン夫人や、その娘キャディやその娘クェンティン、あるいは『サンクチュアリ』の女子大生テンプル・ドレイクなどの特性にも通じている。コンプソン夫人は母親としての愛を欠いた自己中心主義者だし、娘のキャディも孫娘のクエンティンも我がままな女性であり、テンプルも放埒で自分勝手な女性である。

三．町の人々―過去の力と新しい力の対立

フォークナーの作品を読んで強く感じることとは、「過去の力」が現在に生きる人々を強く支配しているということである。「エミリーへの薔薇」にも、その特色が見られる。先ず、エミリーの性格を形成したものは、人々が「静止画像」のなかに思い描くイメージにうかがえるとおり、父親という「過去」の力である。父親の死後に町に現れたエミリーは「髪を短く切っていた（Ⅲ）」。女性が、衝撃的な事件のあと髪を切ったりすることがあるが、エミリーの場合もその好例だろう。なおまた、父親の代表する旧い時代の思潮との決別を示すという側面もあるのだろう。丁度一九二〇年代に、流行に敏感な若い女性たちが、旧世代以来の伝統的な長い髪を切ったのと同様に、一九世紀の後半のエミリーも、同時代と別れたのである。

エミリーの恋も、町の旧い世代の人々や夫人たちからは、最初から「口に手をあてて噂をし、板すだれの陰から絹や繻子の衣装の首を伸ばして覗き（Ⅲ）」、咎めだてするような視線を投げられている。まして、相手の男は、旧い世代にとっては〈敵〉であるはずの北部人である。「まさかグリアソン家のご令嬢が北部人ごときと」、と思うのは当然である。元来恋は秩序とは正反対のものだが、エミリーの情事は町の秩序をもっとも大きく乱すものとなる。

エミリーの父親の時代は、サートリス大佐（元町長）の旧き良き時代であった。その娘や孫たちは二五セント玉をもって、エミリーの家に絵付けの稽古事に通った。しかしその次の世代の娘たちは稽古を止める。過去が新しい時代に代わり、時の流れの無常を語るところである。だが一面では、サートリス町長が発布したエミリーの税金免除の事例を、新しい世代でも、変えることができないようなところもある。「エミリーへの薔薇」には新らしいものと旧いものとの葛藤や対立が各所に見られるが、彼女の屋敷の老残の様子は、その様相がどんなありさまであるかをよく伝えている。

> 修理工場や綿繰り工場が侵食してきて近隣の由緒深い名称も忘却の淵に沈んだ。エミリーの屋敷だけが取り残され綿を積んだ荷車やガソリンポンプの背後で頑迷で妖艶な没落ぶりを見せていた――目障りな物のなかの目障りな物であった。（Ⅰ）

時の流れの中で、維持管理の手も届かず、朽ちていく屋敷のありさまは、無惨である。ここには語られていないが、庭園も雑草だらけで荒れ放題、樹木も伸び放題でこの地特有の葛〔kazu〕が暴れ放題であろう。人にとって容易には抗う事のできない時間というものの惨酷さを、象徴しているような情景である。

〔五〕「エミリーへの薔薇」の読み処（Ⅲ）―その技巧

一・読者「宙吊り」の「言い落とし」

エミリーが男との交際を続ける時期を語る次の一節には、フォークナーの作品によく見られる特質が表れている。

男衆は余計なお節介は申さずにおりましたが、婦人方はしまいにバプティスト派の牧師に―エミリーさんの御一族はエピスコパル派でしたが―参上させたのです。そしてその御仁は面会の際に何があったか一言も申されなかったのですが、以後二度と参上するとは申されませんでした。

（Ⅳ、傍線引用者）

これは、先にも触れたとおり、エミリーの目に余るデートを忠告するために、町の婦人たちの意向で遣わされた牧師がエミリーを訪ねたあとのことである。しかし、このとき二人の間でどんなやり取りがあったのか、あるいは牧師はエミリーからどんな言動を被ったのか、何も語られず、読者の関心は「宙吊り」にされたままなのである。そして、作品の最後の場面にいたっても、これに関する説明はいっさいない。

おそらく、ここは読者の自由な想像に任せようということであろう。彼女のその際の対応については、議会の代表者や（Ⅰ）薬局での応対から（Ⅲ）類推して、エミリーが牧師の助言にどのように対応したかは、おおよそ想像はつく。彼女はたぶん、牧師の言葉を頑なに拒否し、自分の意図を貫いたのだろう。だがそれにしても、読者にはいつまでも気がかりなまま心に残る箇所である。ちょうど本書の序章で丸谷才一が、「手紙と女」を主題にした2枚の絵画の謎をを論じていた箇所と同様に。

それでは、「エミリーの薔薇」のその箇所に「しつらえられた謎」によって、（やはり丸谷才一が藤原道長に言わせているように）学者たちはどのような騒ぎを起こしたのだろうか。その謎に対する従来もっとも一般的な回答は、前後に宗教の教派のことがふれられていることから、エミリーは、アメリカ社会では概して格の低いバプティスト派の牧師に、軽蔑的な言辞を弄したのだろうと考えられている。すなわち、例えば、

（イ）「わたくしにはバプティストの牧師様のご指示などご不要にしていただきとうございます。どうぞお引取りくださいまし」

（ロ）「そちらは、ご自身が何さまと思し召しなのでしょうか。バプティストの牧師さまのごときが、聖公会のわたくしに余計なお節介でいらっしゃいますわ。分をわきまえ遊ばせ」

といったようなことを口にしたたのかもしれない。確かにアメリカの社会、文化のコンテクストでは、この読み方で十分であろう。(3) ただ作品の社会的な背景に通じていない日本の青年たちが読むと、この「言い落とし」の場面の解釈は、またなお一層自由な広がりを見せることになる。

二．「言い落とし」の場面―読みの広がり（エミリーと牧師の場面に関して）

先の場面でエミリーが牧師に示した言動に関する推測については、前述のとおり一応の決着はついている（ようだ）。だが、専門の文学研究とは異なり、ただ読書を楽しむ多くの人たちの間では、さらに自在で面白い読み込みが許されるだろう。たとえば、筆者の担当したクラスやゼミの学生たちも、その楽しみを享受した幸運な人たちである。そんな青年たちの考えたエミリーの言葉や行動には、以下のようなユニークで楽しく、かつ想像力に富んだ読みがあった。好例のいくつかを引いてみたい。

（ハ）「あなただってほかの女と浮気をしていらっしゃるんでしょ？　他人のことを何だかんだとおっしゃれるお立場？」

（ニ）「そちら様はやきもちを焼いていらっしゃるんですか。悔しかったら、ご自分で不倫でも何でもなさったら？　もっとも、そちら様のような野暮ったいお方では、どんなご婦人も近寄ってなどいらっしゃらないとは存じますが、おほほ…」

これらは、この数年来の学生の考えの類型の一つで、「人の恋路に余計なお節介をしないで」という趣旨のものと言ってよい。そんななかで、男子の社会人学生の回答のなかには、次のような推量があった。

（ホ）**エミリーが牧師に身体（色仕掛け）で迫った。あるいは、金で解決しようとした。**

いずれも、語り手の描き出しているエミリーの頑迷な人柄という文脈に沿った、面白い推論である。したがって、「エミリーは牧師にどのような対応をしたか」という「正解のない問題」に対する解答としては、いずれもまちがいではないと言えよう。

ところで、さらに最近の二〇〇〇年代後期に筆者の担当したゼミの男子学生の考えのなかには、次のようなものがあり、虚を突かれた思いがした。

（へ）**「わたくしには初めての、そして多分最後の、命がけの恋なのです。牧師様、なにとぞご明察くださり、寛容なご理解をお願いいたします」と、恥をしのんで牧師に泣きついた。それに対して、南部紳士でサートリス町長たちと同じ旧世代に属している牧師は、エミリーのために、この日のすべてを秘密にして、「温かく見守っていってあげよう」と思った。**

たしかに、牧師のその後の沈黙の原因としては、このような会話や状況もあり得なくはないかもしれない。しかし、エミリーは、もう少し孤高で強い女性なのではないだろうか。それにしても、「最近の若い人は昔より優しくなった、草食系になった」と言われることが少なくないが、これはそれを実証するような発想である。

このような作品の技巧、村上春樹の言い方を借りれば、「放りっ放し手法」(一四五)は、今日の作家にはしばしば見ることができるものである。これはまた、「話にけりがついても読者は宙吊りのままのこされる。…あとは、読者の自由に考えるに任せる。こんな救いのない書き方もない。こんなやりきれない世界もない」(阿部昭、一三五)。しかし同時にこの書き方は、右に見たとおり、読者がさらにフィクションを補って作品を膨らませることのできる生産的な箇所なのである。ここに、読書の醍醐味を味わうことのできるもう一つの世界が開けるのである。

「エミリーへの薔薇」には、このほかにも「曖昧」なところがなくはない。諸家が指摘しているとおり、語り手がエミリーをめぐる諸事万端に通じてい過ぎるのもその例である。たとえば、町の議会での具体的な内容や、町長へ送られたエミリーの手紙の内容、そして薬局から帰ってエミリーが開いた薬ビンのラベルのことなどが(したがって、語り手は若手議員の親類縁者なのかもしれないという論もある〔シェイ、一九八五、一一〇〕)。

フォークナーのこのような現代的な「言い落とし」技法に関しては、すでに序章で論じたところであるが、そのもう一例(他の作家からの例)を〔注〕に引用しておきたい。それにより、この手法のもつ「生産性」を確認しておきたいので。(4)

〔六〕エミリーに捧げる薔薇

一・タイトルについて

この作品のタイトルについて、従来から様ざまに議論されてきた。また若い読者（学生）のなかにも、「何で薔薇なのか」といった疑問を口にした者もある。作品のなかで薔薇に関連する表現は、最終ページのホーマーが横たわっていた、新婚に相応しくしつらえられた部屋のカーテンと電灯の傘が、今では色の落ちた薔薇色であった（V）という箇所だけである。はたしてエミリーへの薔薇とは、色があせてくすんだ惨めな薔薇であり、惨めで空しい女の一生のメタファーであっていいのだろうか。

周知のとおり、フォークナー自身は「可哀想なエミリーに一輪の薔薇を捧げたいという思いを込めてタイトルをつけた」と述べたことがある。これは、この作者にもときどき見られる、あとになってのこじつけとか、思いつきの一つかもしれない。だが、いつのときか作者の心には、エミリーへの憐れみがあったことはたしかだろう。作品のなかには、エミリーの内面を推測する手掛かりはないが、作者の執筆の草稿の段階では〈彼女が優しい心遣いをする人物として〉書かれていたという。それによれば、死が旦夕の間に迫った床で、彼女自身が黒人召使にねぎらいの言葉をかけ、二階の部屋の秘密を最初に見て貰いたいことと、屋敷を遺贈したい旨を述べる〈彼はそれを断るが）（ヴォルピー、一〇四）。創作当初の作者は、エミリーが心情細やかな女性だったということを、もっと素朴に書きたかったのかもしれない。

二．エミリーの生の声は？―もう一つの空白の補充

だが完成された作品では、町の老世代と若い世代の人々の観点から見たエミリーについては、十分に語られているが、エミリーの内面の生（なま）の心の裡は、徹底的に抜け落ちたままなのである。作者に関心があったのは、彼女自身の真実ではなく、町の人々にとってのエミリーだったようである。これは、『響きと怒り』のキャディや、『アブサロム』のサトペンの場合とまったく同じである。これらの作品でも、キャディやサトペンの生涯とか人間性は、周囲の人々から念入りに語られ論じられる。しかし、彼女たちや彼ら自身のの生の声は、語り手や周囲の人たちの口（あるいは手紙）を通して、間接的に紹介されるだけである。当の人物自身による直接の声はほとんど皆無なのである。

「エミリーへの薔薇」でも、作者はエミリーの真実については、「言い落とし」によって読者を「宙吊り」にする技法を講じた。そこで、読者の自由なフィクションに委ねたのである。読者の側は、そんな仕掛けにのって、いっときエミリーの内面をあれこれ想像してみてよい。その「正解のない質問」は、この作品を一層おもしろく生産的なものにしてくれるだろう。――彼女はホーマー・バロンとのあの危うげな恋に、どのような思いを込めていたのだろうか。また、その長い年月に及ぶおひとりさまの孤独や鬱屈をどのように忍んでいたのだろうか。そしてさらに、忍

び寄る肥満や老いへの恐怖に、どのような思いを抱き、どのように耐えていたのであろうか。あるいは、ひたひたと寄せてくる窮乏を、どうやってやり過ごしていたのであろうか。

様ざまの論考や研究者のなかにも、直接話法で伝えられていないエミリーの声に思いを巡らせるような、〈無いものねだり〉をしている人はほとんどない。また漱石とか、シェイクスピアやレイモンド・チャンドラーの作品を始め、様ざまの文芸作品に見られるような「補完」版、あるいはパロディーやパスティーシュのようなものも見られないのである。(5)作品に書かれていないことを邪推することは「悪趣味な質問」と言いながらも、「スタヴローギンは、自分の膝の上に抱き寄せたマトリョーシャの耳元ではたして、何と囁いたのか」と想像力を働かせている亀山郁夫（八七）にならって、もう少し想像力を遊ばせてよいはずなのに。

三．エミリーさんに捧げる薔薇

特に若い読者にとって「エミリーへの薔薇」は、町の人々の思いの揺れよりも、エミリーの孤独な生涯とホーマーとの恋路のほうが、はるかに興味深いことのようである。そして読みながら、学生たちはこんな思いを巡らす。

（イ）「彼女が痛々しく、切ない気持ちでいっぱいになった」。

（ロ）「暗い湿った部屋で、ミイラになってゆくホーマーと毎夜話していたのだろうか。エミリーは純粋すぎるほど純粋で、人間らしい不器用な女だったと思う」。

（ハ）「エミリーは疲れていた、だからホーマーでも（誰でもいいから）選んだ」。

（二）「名家の子女なので、何でも思うとおりにしたがる。ホーマーもその一つだった。それにしても、恋した男を死体に変えてまで愛する——そこまで好きになれるなんて羨ましい」。

いずれも、彼女の情念の熱さに衝撃と一種憧れを覚えている言葉である。これらは、おそらく彼女の生の心の真実に、極めて近く、共感のこもった推測であり、フィクションであろう。そして、これら若い読者の心優しい共感こそ、「エミリーに捧げる薔薇」として、もっとも相応しいものなのではないだろうか。

彼女の一時の幸福の絶頂から陽の翳り始めた月日、また虚脱や孤独の痛み、そして老いや貧困に対する恐怖等につての生の声は、さらに様ざまに想像を巡らすことができるだろう。それは、さぞ惨酷な月日を描くことになるだろう。それについては、どんなに言葉を尽くしてもかなわないことと思われる。ここではその代わりに、エミリーの想像し得る生の声に、たまたま極めて近く思われるバラードの一部を引用して、エミリーに捧げるもう一本の薔薇としたい。

それは、『名詞名訳ものがたりー異郷の調べ』のなかで、著者の一人沓掛良彦が、「鬼才・奇才矢野目源一の名訳」と賞賛する、「想夫憐」（クリスチーヌ・ド・ピザン作）という「中国古典に倣ったタイトルを与えられている…みごとな訳詩」からのものである。引用の丸投げで気が引けるが、たいへん美しい詩なので、その感動をフォークナーの読者にも共有していただきたいと思う。そこには、エミリーの壮絶な孤独の痛ましさと同質の言葉たちが、吐き出されている。ここでは、そのなかから、第一、二連と、反歌を引いておきたい（一四二―四）。

われはひとり　さても孤（ひと）りのなつかしき、
われはひとり　背の君におくれ参らせて、
われはひとり　主（ぬし）もなく伴侶（とも）もなく、
われはひとり　悲しさの切なさの身に沁みて、
われはひとり　身も世もあらぬ嘆きする、
われはひとり　たとへしなくもうらぶれて、
われはひとり　夫（つま）なき後（のち）を存（ながら）うる。

われはひとり　門邊（かどべ）に窓に立ちつゐつ、
われはひとり　物陰に身をひそめ、
われはひとり　涙の乾く間もなくて、
われはひとり　悲しさに心まぎるることあれど、
われはひとり　ひとり慰（なぐさ）む術（すべ）もなし。
われはひとり　閉（と）ざせる部屋に垂（た）れこめて、
われはひとり　夫なき後を存うる。

反歌

歌君（うたぎみ）よ、胸の痛みもいまさらに、
われはひとり、ありとある苦悩（くるしみ）に苛（さいな）まれ、
われはひとり　顔の色　墨より暗く、
われはひとり　夫なき後を存うる。(6)

〔注〕

1 引用箇所については、作品のセクション（節）のローマ数字による番号で示す。その方法が、多様なテキストに一番容易に対応できるであろうから。なお、訳は筆者が試みた。その際、村上春樹の〈翻訳にも建築物と同様に耐用年数に限界がある、すなわち「経年劣化」がある〉という趣旨のエッセーがヒントになった。(『讀賣新聞』二〇〇六年一月十二日、夕刊)

2 人々は、エミリーについてどんなイメージを抱いているのだろうか。学生に「エミリーの役どころが相応しい俳優やタレントの名前を書くよう求めたところ次のような人々の名があがった。

(一) 松田聖子、飯島愛、リンカ、青木さやか、鈴木京香、なつきマリ、沢尻エリカ（以上、二〇〇五、七年の学生）

なおかなり過去に遡る一九九三年の勤務校の英米文学科で実施した同様のアンケート(二)の主要な人名、及びさらに旧く一九八五年の学生のもの(三)を以下に記しておきたい。挙げられる役者・タレント等の名前にも、時代の変遷が見られていささか興味深い（なおカッコ内は同一回答者数）。

(二) 岸田今日子（6）、キャッシー・ベイツ（4）、淡谷のり子（2）、(晩年の) マレーネ・デードリッヒ

（1、以下同）、オードリー・ヘップバーン、加賀まり子、岡田麻利子、市原悦子、美輪明宏、美川憲一、藤山直美、泉ピン子、菅井きん、希木希林、ほか。
（三）秋吉久美子（5）、田中裕子、いしだあゆみ（以上3）、小川知子、大原麗子、中野良子（以上2）、岸田今日子（1．両方の年度で名を挙げられたのはこの女優だけ）ほか。
3　この点に関して、2005年夏のミシシッピ大学のFaulkner Conferenceで、N. Polk 教授、J. Carothers教授にただしたところ、両人ともこの解釈を自然に受け入れていた。
4　これは、序章でも触れたことだが、ヘミングウェイの「一〇人のインディアン」からの実例である—この作品のなかに、夫のジョーに向かって、妻が何事か囁く場面で、その内容が「言い落とされ」ている次のような一節。

「あなたも若い頃はたくさん女の子がいたんでしょ」

「でも父さん、いくら何でもインディアンの女となんかつき合わなかったよねー」

「そんなことはいいとして、ニック、プルーディーに浮気されんよう気をつけるんだね」

妻がジョーに何事か囁くと、彼は笑い声をあげた。

「何を笑ってるの」と息子のフランクが聞いた。

「黙ってないといけないわよ、あなた」と妻が言うと、ジョーはまた笑った。（三三三）

右の傍線部（筆者による）の「言い落とし」の箇所を再び学生の発想を借りて、二，三あげる。
（イ）（夫の直前の言葉を受けて）「インディアン女は身持ちが悪いんですものね」とか、
（ロ）「あなたも昔インディアンの娘と遊んだことがありますものね」／「あなたもインデイアンの恋人に振られたことがあったわね」／「インデイアンの娘は、は遊ぶにはいい相手ね」／「あの娘らは、初めて女を知るには一番よね」、
といったような、インデイアンの若い女性を軽蔑した文脈でとらえる推理が多かった。ここには、白人の驕りと無知を暴露している苦いユーモアが読み取られている。また、

（ハ）「いくら物好きのあなたでも、今でもインディアンの娘なんかと付き合ってなんかいないでしょうねー」のように、フィクション性をさらに豊かに膨らませたものなども見られた。

　このように、作中の「言い落とし」が、単に読者を「宙吊り」に放置するだけに終わらず、読者を作品のなかに一層深く導き誘うことがわかるだろう。そしてそれが、作品のもう一つの魅力の源泉になっていることもわかるであろう。このような「謎」が、フォークナーはじめ、多く作家の作品の大きな魅力の一つであることも了解できるところである。

5 序章の〔注〕で言及したものに少し付け加えれば——たとえば、漱石で言えば、『明暗』の絶筆後の完結編（『続　明暗』水村美苗）、後日談（『うらなり』小林信彦）や『猫』を始め諸作品のパロディーの様ざまのバージョン（『漱石先生の事件簿—猫の巻』柳広司ほか）、チャンドラーの *The Big Sleep* の後日談編（*Perchance to Dream* by R. B. Parker）、あるいは、古典的名品のパロディーやパスティーシュ（『新釈　走れメロス』、森見登美彦）、そして最新刊の『「カラマーゾフの兄弟」続編を空想する』（亀山郁夫、光文社、二〇〇七）など。その他、『源氏物語』からシェイクスピアまで、この種のものは数えきれない。なかでも、シャーロックホームズものとなると、時代小説作家の山本周五郎の『シャーロック・ホームズ異聞』（作品社、二〇〇七）さえあり、二〇〇四年まで「単行本が三一二冊、新聞雑誌掲載が九五件」に及ぶという（小林司、東山あかね、『シャーロック・ホームズーメアリ女王の個人秘書殺人事件』〔ケイレヴ・カー著、学習研究社、二〇〇六〕「解説」より）。

6 なお、この詩全体は三連と反歌からなっている。また同書には、沓掛良彦自身の手になるこのバラードの翻訳が添えられている。これも、現代語訳でわかりやすいうえに、エミリーの悲痛な心の裡を手にとって見ることができるような名調・名訳である。

第四章

「紅葉」の恐ろしさ、おもしろさ

―語り手も登場人物も「言わなかった」こと―

はじめに

この章では、あるインディアンの部族の酋長の葬送の習俗を巡り、しだいに明かされていく彼らの代々の〈秘密〉の物語、「紅葉」（"Red Leaves," 1930）を読んでみよう。一見すると、もう一つの異文化世界の物語のため、やや読みにくいように思えるが、やがて、それも事件や事がらの裏に、謎がひそんでいたり、言葉に出して言えば禁忌に触れる事がらがあったりするためだったことがわかってくる。フォークナーの書いたもう一つの見事な短編ミステリーでもある。

〔一〕作品の概要

一．本作品のセールスポイント

（一）フォークナーの短編で最高傑作の一つ。
（二）この作者では珍しいインディアンもの（時代背景は一九世紀初め）。
（三）インディアンのエスニックな発話や論理の異様さとおもしろさ—そして、言葉の裏に潜む衝撃の真実。

（四）構成や言語が難しく、人間関係は複雑、しかも（フォークナーの短編としては）長い（テキスト版で三〇ページ）。（参考―「エミリーへの薔薇」（一二ページ。以下同）、「乾燥の九月」（一六）、「あの夕日」（二二）、「納屋は燃える」（二四））

（五）（担当ゼミの学生の感想から）作品全体に見える凄まじいおどろおどろしさに感嘆した。

（六）（同右）「生きたい」、が、恐ろしい「宿命」を背負った黒人の、壮絶な姿が描かれている。

二、作品の執筆時期

一九二七、八年ごろからインディアンものという新しい主題に作家の関心が芽生え、構想があったらしい。インディアンものはこのほかにもう三作あり、一九五〇年に刊行された『短編集』にはそれらをまとめて、第三部「荒野」の項に収められている。

三、執筆を巡る周辺の諸事情

大作『響きと怒り』（一九二九）が出版されて、作者の名声も（特に英国やフランスで）少しずつ高まってきた時期にあたる。ただ作者のインディアンへの関心は比較的浅く、史実や事実関係の面では正確さを欠いていると評されている。

〔三〕作品のあらすじ

一．登場人物

一軍　モケタビー（三代目酋長）、スリー・バスケット（インディアンの長老）、ルイス・ベリー（同上）、黒人で二代目酋長の下僕（無名）

一軍半　インディアンの追っ手たち、イッシティベハー（二代目酋長）、ドゥーム（初代酋長）、シュール・ブロンド・ド・ヴィトリ、インディアンの酋長の妻たち、黒人の部族長

二軍　インディアンの集落の村人たち、黒人の集落の人たち。

二．「紅葉」の展開

（一）その構造

二代目酋長のイッシティベハーが死んだ。この部族の慣例では、酋長と一緒に馬や犬とともに、黒人の下僕も埋葬することになっていた。黒人にとっては名誉なことでもありがたいことでもない。彼は、早々に逃げだす。本作品は（表面上は）、その黒人を、インディアンたちが新酋

長を先頭に立てて、追跡する六日間の物語である。

ここにはかつてミシシッピ州北部で三代にわたって伝わってきた、インディアンとアフリカから連れてこられた黒人の、相互関係や優劣意識の図式が端的に切り取られている。さらに、インディアンの習慣・習俗と黒人の側のそれらの対比、また追う側の酋長や部族の者たちの思考や言動と、追われる側の黒人の思いのコントラストが鮮明に描かれている。従来の白人中心の社会では、注目されることの少ない両種族間の人間模様に光を当てた異色の作品である。

読者はそのなかで、エスニックな世界の習俗や言語表現に触れ、インディアンの世界の過去と現在に起こっている様ざまの事件に出会うことになる。さらに、それらの事件の裏側にはゾッとするような謎や秘密が隠されていることが、やがてわかってくる。また、追われる黒人の死に立ち向かう姿が衝撃的に語られている。この作品をフォークナーの短編で最高傑作と言う人もあるゆえんである（ファーガソン、三五ほか）。

作品は、全体で六セクションに分かれている。途中の第二セクションでは、インデイアン部族の過去のことが述べられているが、それ以外のセクションは、亡くなった酋長の葬儀を巡る物語が、全知の語り手によって時間の流れに沿って語られている。まず全体の展開を知るために、各セクションの概要を示しておこう。

(二) 各セクション〔(Ⅰ) ― (Ⅵ)〕の概要

(Ⅰ)「現在」―二名のインディアンの長老が、急逝した酋長の下僕を探しに黒人集落へ来る。

二人の会話のドラマ的描出から、インディアンと黒人の関係がわかる。作中の「現在」の時点は、一八四〇年ころ（ルイス、九三）。

（Ⅱ）「大過去」、「中過去」—逝去した第二代酋長の屋敷の描写に続いて、初代および二代目の酋長の生涯についての語りから、三代目の素描にいたる。それぞれの代の酋長の姿と、その時代に生きたインディアンたちのありさまが浮かんでくる。その主なものは、

（1）「大過去」（「現在」から約五五年前）—初代の酋長ドゥームの青年期のニューオリンズ旅行、彼が酋長となってからの一族の草創期から二代目イッシティベハーの出生までの出来事。

（2）「中過去（前期）」（「現在」から約三五年前）—初代の急死。

（3）「中過去（後期）」（「現在」から三二、三年前）—二代目イッシティベハーによる耕地の拡大や黒人の増加、その売買。彼のその後のパリ旅行の物語と、三代目の幼少時の姿。

（4）小過去（「現在」から五年前）—イッシティベハーは、息子が一〇年ほど前から「赤いヒールのスリッパ」を盗み隠していることを知り、息子にその正式譲渡を宣言する。

（5）「現在」—イッシティベハーは一晩病み、医師の手当ての甲斐もなく翌日昼前に死ぬ。

（Ⅲ）「現在」—先の二人のインディアンの長老が、言語明解意味不明な対話を続けながら、手ぶらで新酋長のもとに戻る。そこには身長一五五センチ、体重は一一〇キロをオーバーする三代目首領になるモケタビーが仰向けに、いぎたなく横たわっている。

（Ⅳ）「現在」—逃亡する黒人下僕のありさまと、彼の内面の主観的描出。三日目には毒蛇に咬

まれる。平行して、追跡するインディアンたちの会話が盛り込まれる。

（Ⅴ）「現在」―黒人が逃亡して三日め、酋長の駕籠も追跡の連隊に加えられる。それから三日後、黒人の隠れ場所は包囲され、翌朝に逮捕される。

（Ⅵ）「現在」―黒人下僕の最期の朝の様子。食料と水を飲み込もうとするが、喉を通らない。だがそれでもなお、彼はそれを求める…。


インディアン一族の過去から現在までの酋長たちの様ざまの説話と、現在の黒人追跡の物語という二つの主なストーリーが、幾重にもからみあって複雑さを増している。インディアンの当事者だけに通用する発想や発話、また部族の長老階級の者たちの謎や儀式性を帯びた発話が、作品の曖昧さや読みにくさを増幅している。

〔三〕「紅葉」の読み処（Ⅰ）

一・インディアンと黒人

（一）追う側―空洞化した儀式

今日の読者の立場から見ると、インディアンの部族が黒人を使う側で、黒人が下僕の立場という構造はいささか奇異に思われる。まして一方が、もう一方の酋長の死に殉じて人身御供になるなどというのは、まったく想定外のことである。その意味でも「紅葉」は意外性に富み、私たちの目を、もう一つの異文化・異人種関係の世界にと、導いてくれる作品である（なお作品のモデルになったインディアンを始め、ほとんどの部族には、人身御供のような惨酷な習慣は実際には無かったという〔ホースフォード、三一八〕）。

「紅葉」は二代目酋長が死んで、逃亡したお供を探しに、黒人集落に向かうインディアンの長老たちの会話から説き起こされている。彼らの言葉からすると、逃げた黒人は「名誉心も儀礼もわきまえない…野蛮人（三一六）」で、「いつも厄介者」になる連中である（ここを読んだゼミ生は「オイオイ、どっちがだよ！」と言っていた）。初代の酋長が死んだときも、その代の下僕は三日間逃げてまわったという。追う側にとっても面倒なことで、「手前は、これなぞは良き習わしではござらぬと申したい」とか、「拙者もこんな所など、参りたくなぞござらん」と愚痴の出るような慣習である。下僕は黒人集落にも見つからなかったため、いよいよ追跡が始まる。

下僕の追跡にあたっては、酋長の出陣が必要になる。長老は三代目にこう言う。

若殿のお父上様が新たに酋長におなり遊ばしたときも、このようなことが起こり申したでござる。…ご逝去なすった御大君が埋葬され申すのをお待ちでござったとき、召使いを捕らえてお帰りなすったのはお父上様のイッシティベハー様でござりました。さようでござる。今では、若〔モケタビー〕様が酋長でござりまする。酋長様には狩のご先導を遊ばしますようお願

い申すでござる。　（三二七）

これを受けて、モケタビーは「水のなか、海のなかから浮かび上がるように、測りきれない肉の彼方から起き上がって、裸の胸を大きく動かし、目は開かぬままで（三二七）」篭に乗せられて出陣に及ぶ。彼は黒人の追跡に出ても、気を失っていて、小さな赤いスリッパを脱がせて、ようやく意識を取り戻すというていたらくである（三三七）。

このようなありさまは酋長ばかりでない。追手のインディアンも「うんざりする仕事（三三三）」と不平を言いながら、黒人を呪っている。彼らは「腹が出て、太って軟弱な顔で、麦藁帽子とワイシャツを着ていささか滑稽である（三三三）」。追っ手のなかには、「わたしゃ賭けをしていて、奴っこさんが明日までに捕まれば、馬が手に入るのでござる」／「どうかお勝ちなされ」／「かたじけない。この仕事はおもしろくのうてござるのぅ（三三六）」などと、暢気なお喋りをしながら歩いている者もいる。

そうこうしているうちに、（埋葬されずに）置き去りにされた「イッシティベハーは臭い始め、陽が高くなり暑くなると河の上下流の広い範囲にわたって臭っていた（三三六）」とグロテスクな様相を呈する一節を交えて、ようやく黒人を捕獲することになる。このようにインディアンたちの姿は、一方で滑稽でずっこけた人種、他方で無気力で堕落した民として語られているのである。追跡劇は、このように健全な生活力も心意気も欠けたインディアンによる、空洞化した儀式として語られていく。

（二）追われる側—黒人の姿

追う側にとっては一種の儀式だが、生身の黒人にとっては冗談ではない。しかもまだ四〇歳なのだから。彼の逃亡の様子と刻々と揺れる心の動きが語られ、その間にアフリカから連れて来られたときから現在にいたるまで、（ネズミやアリを食べる姿に端的に示される）生きることへの欲求の強さや深さが克明に語られている。従って、彼に熱い共感をもつ読者に、語り手は黒人が捕らわれたあとの、作品の結末近くの最期のありさまを次のように語る。

彼は食物を口に入れ咬んだが、咬んでいる最中に半分ほど咬まれたものが両方の口端から出てきて、あごのあたりから胸にこぼれ落ち、…やがて口のなかは咬んだ食物の塊で充満してあんぐりと開き、目は見開いたまま動き続け、大きな吐息が続いた。…

「さあ」、とうとうバスケットは言った

「水を、いただきとうござる」黒人は言った。「水をお願い申す」（三四〇）

食物が喉を通らない痛ましい様子が目に浮かぶような見事な箇所だが、さらにそれが水の場合でも同様である。黒人は顔を上向けてひしゃくの水を流し込もうとする。

〔インディアンたち〕は彼の喉が大きく動き、飲み込めずあふれ出る無量の水が顎をこぼれ落ち泥を塗った胸板に水路をつけて落ちるありさまを見つめていた。……やがて水のこぼれるのは止まったが、それでもなお空になったひしゃくをどんどん高く傾けて、黒い喉は飲もうとしても飲めない動きを空しく続けていた。（三四一）

ここは作品全体のなかでも、もっとも哀れの深いシーンである。彼が食物や水を嚥下できない光景は、直前に迫った死に対する恐怖によるものと思えて。それはまた、この作家のもう一つの傑作「あの夕日」のなかで、同様に死の恐怖に駆られているナンシーが、コーヒーを飲み込めないシーンを連想させるものでもあるから。

しかし、そんな彼は、「河の低地に沿って三〇マイル奥地に走ってから引き返し（三三一）」、円環を成して元の地点に戻るという不思議な逃避行を見せている。これは、右の場面に見られた「死への恐怖」や「死への抵抗」とは矛盾する行動ではないか。もし彼が、死を避けようとするなら、今日普通に考えれば、アリゾナかテキサスにでも逃げ出して行けばいいと思うのだが、黒人の彼はなぜそうしないのだろうか。

この点について論じたもののなかでは、彼の逃避行も「儀式」であり、生の象徴たる「動きと死への抵抗」を示すものという説明があるが（ヴォルピー、一四二、ファーガソン、一九三）、彼がUターンすることについて、十分に説得力のある解釈とは言えない。あるいは作中の語り手や多くの研究者が説くとおり、彼の「宿命観（三三〇）」や「どこにも行くところがなかった（三三二）」ためであり、「彼もその部族の者も、既にその命終を認識しているから、決定的な逃避を試みない」というのだろうか、「議論の余地が残るところである」（タウナー&キャロザーズ、一七五）。

しかし、彼が途中で折り返すことと、ひたすら食物を取り、水を求め生き延びようとすることを考え合わせると、実は、死を迎えることに対するもっと別の〈独自の理念〉があったのではないだろうか。単なる逃避行のための逃避行という「儀式」以上の何らかの意味を、自分の死に添えようという思いがあったのではないだろうか。「宿命」のままに、死に逝く時をただ待っているのではない、何かがあるのではないだろうか。

二．黒人の死の美学

逃避行の半ば、この男が毒蛇に咬まれたとき、「爺さま、ばんざい（Ole, grandfather）」と言うシーンがある。「フォークナーの文章のなかでももっとも有名な箇所の一つである（シェイ、一四四）」が、また同時に十分な説明が困難な箇所でもある。彼はそのあと続いて二回も意図的に腕を咬ませて「これはわしが死にたくないからでござる（三三五）」とやはり二度繰り返して語る。シェイは、一九九五年のオスロでの学会で発表されたG．M．モアの見解を引き、黒人下僕は自分の死がインディアンによって与えられるのではなく、究極的には「自分が崇拝するもの（トーテム）である父祖の手による死、すなわち自身の文化の範疇の下での死を求めていた（一四五）」と説明している。

だとすれば、彼が捕われたあと、食物を取ろうとしたり、水を求めたりするのは、単に生き延びるための欲求からではなかったのである。彼は、そうすることによって、少しでも長く生き延びて、自分自身の望む形式による死を求めていたのである。すなわち、インディアンの手で殺されるのではなく、生命を保っている間に、遠く父祖につながる毒蛇の毒が全身に廻って死に臨むことを望んでいたのではないだろうか。いわば彼自身の、あるいは部族の「死の美学（*ars moriendi*）」に沿った死を、望んでいたと考えられるのである（実際、フォークナーの作品のなかには、『響きと怒り』のクエンティンのように他にも自分の *ars moriendi* に殉じる人物がいるように思われる。彼は自分の仮構の神キャディを喪って四〇日後に自殺している）。(1)

従って、先の食物や水の場面で、彼がそれらを十分に嚥下できなかったことを、〈死に対する恐怖から〉という捉え方も、修正しなければならない。彼はそのときすでに、毒のために体力も知力も衰えてきていたのであろう。食物や水を嚥下できなかったのは、単にそのためであって、死への恐怖ではないのだ。あの場面は、そんなおぼろげな意識のなかで、〈「死の美学」が完成するまでは生き延びようと、究極の努力を払っている〉ありさまと解釈すべきものなのである。語り手は（例によって、いかにもフォークナーらしく）、このあとの黒人の様相は、いっさい語ってはいないのだが。

この姿は、追っ手側のインディアンの言動とは対極的である。一方は死者を弔うという祖先の儀式を空疎なものにして、いやいやながら行っている。他方は祖先の伝統に還り、雄々しく行動する。このありさまは語られる両者の体形のコントラストにも端的に示されている。インディアンたちは「肥満し、軟弱で意欲も活力も皆無で、無気力が衣服を着ているようなもの」であり、黒人は「痩せて細く逞しく、疲れを知らず（三三四）」、追っ手側よりも「頭一つ分も背が高い（三三九）」のである。

三．インディアンの酋長たち―その堕落

新しく首領になるモケタビーは、身長五フィート一インチで体重二五〇ポンド（約一五五センチ、一一四キロ）で、「巨大な無気力、深い不動（三二七）」で寝てばかりいるような男である。この数年来は「顔は青白くでっかくて、死人のようで手足は腫瘍だらけ（三二一）」。唯一の関心事は「三歳のときには穿けなくなった（三二一）」小さな赤いスリッパを弄ぶことであった。その嗜好も、一六歳のときまでには止ったように見えていたが、実は「盗んで隠した」ためだった。アメリカの大自然を大切にして、素朴で誠実な生き方をしてきた民族の末裔としては、このありさまはまことに醜悪である。

彼の祖父ドゥームはニューオリンズに出て、フランス人と知り合い、賭博で金儲けをし、一人の女と出会って逐電したのち帰郷した。その後「伯父と従兄弟が急死したために（三一八）」部族の酋長になり、座礁した白人の蒸気船を曳いてきて家に改造した。土地も開拓したが、奴隷がする仕事は十分になく、犬に彼らを追わせて見世物にしていた。古来のインディアンの純朴な生き方とは異なった生涯を送った人物である。またそこには、過去の慣習からの逸脱を強いた白人の傲慢さや欲得の写しのような生活が見え隠れしている。息子が一九歳のとき、彼は死ぬ。

二代目のイッシティベハーは奴隷を四倍にし、増えた黒人を使って開墾と耕作をし、さらに

四〇人をメンフィスの奴隷商に売り（三二〇）」、その金をもってパリに行った。パリでは三〇〇ドル支払って「ある社交の場（certain circles）」に紹介され、一年を過ごす。(2) 帰国の土産物は、一九世紀前半のアメリカで大いに歓迎されたフランス式ベッド、ルイ一五世の愛人ポンパドウール夫人が愛用したという燭台、そして男たちの官能をくすぐる赤いヒールの小さなスリッパだった。この靴は、ルイ一四世の時代以来の「レッドヒール族」、すなわちフランスの上流階級の男たちの、お洒落と蕩尽の象徴につながるものでもあったに違いない。(3) その靴も、息子のモケタビーが三歳になると足も入らないほど小さなものだったが、彼はそれを異常なほど愛玩する。

この一族は、初代で部族の長となり財の基盤を築いた。二代目の息子の代では、白人と同様に、穀物生産や黒人の売買によって、資産を大きく増やしている（もっとも、フォークナーのモデルになった地方のインディアンの間では、部族長は血統で継承されるものでなく、長老たちによって選ばれるシステムだった〔ホースフォード、三一八〕）。二代目がパリで購入した品々も、白人の模倣であった。だが、たとえばその一つのベッドは、彼の妻には寝心地が悪く（三二五）、白人の生活を模倣することの空しさを示唆している。現在では、かつての「蒸気船の一等船室も、ゆっくりと腐敗しつつある抜け殻、磨き抜かれたマホガニーは…輝きを失い、ガラスが割れて空いた窓はそこひを病む目のようである（三二四）」。

三代目になると幼児のころから「大きくて彫りがなく測り難いほど完全に無気力なモンゴル形の顔（三二〇）」で、成人すると背丈は小さく異常に太り、梅毒病みのように「腫瘍だらけの手足」をした、無能で怠惰な酋長になる。追跡の最中も、前述の赤いヒールの小さなスリッパを無理に履いて駕篭の上で気を失い、「消化不良の人間のような…玉の汗だらけになって石像のような黄色い顔をしている（三三五―六）」。インディアンが代を経るに従って、頽廃していく様相を的確に示す姿である。こんな状況を、一人の古老が次のように言う。

世は滅びに向かっておる。…それも白人に滅ぼされようとしておる。わしらは長い年月うまくやっておった。白人が黒人をわしらに押し付けるまではの。昔は年寄りたちは木陰に座って…タバコをふかしながら名誉とか様ざまの大事な事の話をしておった。今わしらは何をすればいいんじゃ。今じゃ年寄りも汗をかくことの好きな黒人どもの世話をしながら死んでいくのじゃ。

（傍線引用者、三二三）

いつの世にも繰り返される老人の繰言だが、この一族の実態についても、実によく真実をついた言葉である。

四．インディアンの姿（1）―その滑稽味

彼らが白人の慣習に交わるにつれ、生活のリズムは狂って深刻さを増すありさまは、さらにまた次のように滑稽に語られている。まず、彼らにとっての問題は黒人の扱い方と彼らの人口増加問題であった。二代目は、御前会議を開いて相談する。

「（食用にするにしても、）あれだけ肉を食うってぇのは人の体によかぁござりませぬ」…

「食すのはや止めて少しだけ殺すというのはどうじゃの」イッシティベハーが言った。…

「奴らは高価なものでござる。奴らが起した面倒を思い出しなされ、奴らの仕事探しをなすったことを。されば、白人がやっとるとおりのことをなすったらいかがかと存ずる。…さらに増やして白人に売って金を儲けるのでござる」

「じゃが、その金を何とするのじゃ」第三の男が言った。…

「その件はいずれ」一番目の男が言った。一同はしゃがんで、深刻、真剣だった。

「それは、さらなる余分の仕事を意味するのですぞ」三番目が言った。　　　（三一九）

黒人の肉は「苦い味をしてござった。…手前が若いころのことでござるが（三一四）」といったおどろおどろしい会話や、黒人の利用法や、手に入れた金の使い方がわからないという貨幣経済以前の大時代的なやり取りには、月並みの文学作品では出会えないようなグロテスク性やユーモアが見てとれる。

彼らの会話は、その独自の言語や発想を反映して、曖昧さや奇異な面も少なくない。それが、ユーモア性も帯びる場合もあるし、当事者以外にはその論理に追いついていけない場合もある。例えば、次の長老たちの会話はその不明なものの典型である（少なくとも最初は）。

「あの御仁が今では酋長でござる。御仁はイッシティベハー様に隠れて靴を穿いてなすった。…それからイッシティベハー様はお亡くなりになられた。さようなおん歳でもないのじゃが。ともあれ靴はモケタビー様のものじゃ。今は御仁が酋長でござるゆえにの。お身はそれをいかがお考えでござるかな」

「わしはそれについてはいさい考えぬ」バスケットが言った。「して、お主はどうじゃ」

「否でござる」二人目が言った。

「結構」バスケットは言った。「お主は聡明じゃ」（傍線引用者、七三）

この会話は、一見インディアンの思考力の貧しさを伝えるもののように思われる。「何も考えぬ」という応答に対して、「それは賢明じゃ」という応答にみられる思考停止振りなどは、原始的な生き方や知力の衰えの反映と見て、読者は大いに笑うことができるかもしれない（最初に一読したときには）。

〔四〕「紅葉」の読み処（Ⅱ）

一・インディアンの姿（2）―滑稽の裏に潜むもの

しかし、右に引用した会話の前半の箇所に留意すると、この二人の長老は、二代目首領の知らなかったことを、すなわち息子がスリッパに異常な執着心をもっていたことを、知っている。そのうえで、二人は「何も考えぬ」ことが、実際に「賢明である」というのである。彼らの会話は、このままでは論理の筋が通らず、前述の通り一見知性の貧しい者どうしの会話としか思えない。だが、彼らは、実はもっと様ざまの深い事情を知っているらしい…。

作品の語り手は、ドゥームが初代の酋長になったときにも、その前に首領だった彼の伯父や従兄弟が急逝したことや（三一八）、そのドゥーム自身も一九歳の若さで死んだことについても述べている（三一九）。その二つの〈突然の異変〉ともいえるような急死事件は、長老たちにとっては周知の事実であり、また何がしかのいぶかしさを抱かせるものであったはずである。

イッシティベハー自身も、息子が二五才になったとき、それより一〇年も前にスリッパを盗んでいたことを、妻から知らされると顔色を変える（三二一）。彼はすぐに息子を呼んでそれを譲ることを申し渡す。「人はどんなことだってやりかねぬ、気がついたときには手遅れなのじゃ（三二二）」というモノログを口にしながら。長老たちは、そんなことがあったことも知っているのだろう。さらに、「彼はそれから五年生き、そして死んだ。一晩病み、…翌日の昼前に死んだ（三二二）」と語られるが、なぜ五年生きたのか、またなぜ死んだのかについてはまったく述べられていない。

だが長老たちは、スリッパにまつわる様ざまのことと酋長の急逝との間には、〈何かいわくがありそうだ〉ということにも感づいているようである。だから、この二人が、このあたりの〈深い事情やいわくを追求するのは、きわめて危険なことであるらしい〉ということにも感づいているのである。つまり長老たちは、一連の事件の裏の仕組みについても、おおよその察しがついているのであろう。しかも、それが〈禁忌〉に触れることを知っているので、それを「考えない」という、「聡明さ」をもっているわけなのである。

この会話とよく似たやり取りは、同じ二人によって後刻また繰り返されている。三代目が召使の追跡を先導する必要を論じている際のことである。

「若き御殿もお靴のお礼だけはなさらねばな。さよう、現にお手に入れなすったゆえにの。お身はいかがお考えでござる」

「お主はいかようにお考えじゃ」

「お身はいかがお考えでござる」

「わしはいっさい考えぬ」

「身どももでござる。イッシティベハー様はもはやお靴はご入用ではござらぬ。モケタビー様に…お使いにならせて進ぜようぞ。…」
「さよう、人は死ぬるものじゃ」（三二三）

一読したとき、やはりインディアンの稚拙な論理展開の一例かと、一笑に付されるところかもしれない。だが実は、以上に考えてきたとおり、二人は〈何かを知っている〉。しかもそれが、禁忌に触れる恐ろしいことなので、まさに字義通りに敢えて〈それ以上は考えないようにしよう〉と言っていると了解してよいのである。つまり、長老たちは、〈二代目の酋長は、今三代目を継承しようとしているモケタビーに暗殺されたらしいことを、知っている〉らしいのである。ただし、語り手はそのようなことは、いっさい言っていないのだが。

なおまた、研究者のなかにも、〈モケタビーはスリッパを奪うために親殺しを実行した〉と、はっきり言う人はほとんどいない。ただ、「紅葉」のおもしろさのもう一つのポイントは、「あることが、別のことを含意する（シェイ、一四六）」点にあるとは述べられてはいるが（なお、タウナー&キャロザーズは、「イッシティベハーは死んだ。そんな歳でもなかったのに（五一七）」の箇所を根拠に、「多分モケタビーによる毒殺があったのだろう（一六七）」と述べている）。

もっとも、モケタビーは一六歳のときにはスリッパを盗み取って事実上自分の物にしていたし、二五歳のときには親から正式に譲り受けていた。だから、今さら親殺しをしてまで、スリッパを奪うなどといったことに、普通は関心はないだろう。しかも、さらに五年もやり過ごして自分が三〇歳になってから親を逝かせるなどということは、まったく不可解である。

ただ、スリッパに関しては、それをお洒落の対象として所有することよりも、〈スリッパの象徴する首領という権力〉に意欲があったことを意味しているとも考えてよいだろう。モケタビーの権力欲は、一九歳でそれを奪取した二代目と違って、一五歳でそれを盗み、二五歳で正式に継承し、三〇歳の親殺しで天下を完全に取るという慎重で着実な手立てを見せている。

それにしても、一見怠惰で息をするのも大儀であるような男が、代が下るに従って堕落し生命力も衰弱したインディアンの姿の一端を見せているような男が、実は、スリッパを盗んだり、親を殺したり、ほとんど計算づくのごとくに権力を手に入れたりする。「紅葉」は、思いがけない事件やどんでん返しが連続する物語である。しかも語り手は、代々の酋長たちの場合と同様に、三代目も親殺しをしたであろうとか、彼の意外な悪知恵などといったことは、どこにも言っていない。だが、この作品のおもしろさのもう一つのポイントは、実はそれらの事件の謎を想像したり、推理することが許されているところにあるだろう。

二．説話の成立

「紅葉」は、逃亡した下僕の追跡の物語であると同時に、三代におよぶインディアンの部族の首領（の座）をめぐる物語である。しかもそれぞれの物語には、表面的に見える物語と、実際の真実が二重になっている。追われる黒人の場合では、表向きは死に対する恐怖が焦点になっているようだが、事実は彼の「死の美学」の追求という点にポイントがあった。一方インディアンの物語は、一見黒人を追う物語であるが、むしろ代を重ねるに従って、彼らが堕落していく物語であった。そしてさらにその裏側には、先代の酋長殺し・父殺しを犯してその地位を強奪するという、血なまぐさい事実が隠されている物語であった。

ここには、物語が語り継がれるうちに、事実の部分がインディアンの父殺しのように意図的にぼかされたり、黒人と毒蛇の事がらのように意図の有無に拘わらず曖昧になったりして、物語が複雑化し、厚みが増していくありさまが見えてくる。つまり、伝説や説話が誕生する構造が透けて見えるのである。作中には、そのタイミングを端的に示唆している箇所がある。そこには、事実を語る人々のそれぞれの記憶が異なるために物語が複雑に絡み合って、さらに新たな物語が芽生える可能性が潜んでいる。それは、初代の酋長が死んだときに、同様に逃亡した黒人下僕の追跡に要した日数に関わるところである。一人の古老は、別の長老に向かって言う。


「また三週間は要するじゃろう。ドゥームさまのときと同じでの。まあ見てごろうじろ」

「三日間でござった、三週間ではござらぬ」、ベリーは言った。

「お前さまは、そのころ、そこにおいででしたかの」

「おったとは申しかねる」、ベリーは言った。「じゃが、しかと聞いてござる」

「さようか、わたしゃその場におりましての」古老は言った。「丸々三週間じゃった。沼も荊もあのときは――」皆の衆は古老に勝手にしゃべらせておいて、歩みを続けた。（三二四）

語り手は、その追跡に要した日はどちらが正しいか、といったような判断は下していない。

ただ、別の場所で、別のグループのインディアンたちも三日間と言っている（三二六）。だから古老の言うことは、高齢によって認知症になった人物のたわ言に過ぎないかもしれない。だが一方では、古老の言っている数字の方が正しく、若い世代の者たちは、ことによると〈（仕事を軽く思わせるための）操作された数字〉を聞かされているということも考えられなくはないだろう。こうして、伝説や説話は必ずしも事実の裏づけがあるわけではなく、実は相克する物語のうえに成り立っていくのである。そして星霜の移りゆくに従って、実際に起こった事実の記憶は徐々に薄れていき、追跡と逃亡の物語というロマンだけが生き残っていくのだろう。

三．「紅葉」（タイトル）とは何か

作品のタイトルの意味を考えようとするとき、かつて作者自身が述べた説明がしばしば引用されている。すなわち、「〈紅葉〉とは、インディアンのことです。それは誰も止めることのできない大自然の落葉現象であり、それは黒人の息を詰らせ、息を止め、破壊したものでもあります（フォークナー、三九）」。そして多くの論者にとっては、この自然の現象が、黒人ばかりでなく、インディアン自身をも無為無能に陥し入れ、今まさに朽ちさせようとしている、という一点が読みのポイント（主題）と理解されてきている。

論者のなかには、さらにその点を大きく展開して、このインディアンの様相が、作品の書かれた一九三〇年前後のアメリカ社会の、精神性を無視した物質主義的な時代を反映する鏡になっている、と述べる人もいる（マシューズ、一九―二一）。時代の鏡であるかどうかはともかく、〈紅葉〉は、あらゆる時代のあらゆる人間の営みの、やがて訪れる自然の成り行きを語っていることはたしかであろう。誰であっても、いっとき権力を手に入れて栄えたとしても、やがて滅びにいたるという、形あるもののはかなさを語っているのである。

ところで作中には、〈紅葉（Red Leaves）〉という語句は、一度も使われていない。むしろ、それに近い音声をもつ「赤いヒール」のスリッパ（A pair of slippers with Red Heels）という一句が読者の印象に強く残っている。しかもその赤いヒールの物体は滅びの寸前の様相を呈している。

今では形もすっかり崩れ、エナメル皮の表面ははがれ、前革の止め金具もどこかに行ってしまっている。赤いヒールのひび割れて弱々しげなスリッパは。（三三五）

このスリッパのありさまは、〈紅葉〉の様相と重なっていると言えないだろうか。つまり、この作品のタイトルの示す〈レッド・リーヴズ〉とは、すなわち人間のお洒落と蕩尽という欲望の象徴〈レッド・ヒールズ〉の、最終的な様相を示すものと言ってよいのである。

おわりに

「紅葉」は、ミシシッピ州の北部に住む原住民を中心に、そこに伝わる酋長の葬儀と黒人下僕を巡る物語である。その物語は自由に飛翔して、三代にわたるインディアンの説話が語られていく。その話のなかでまず明らかになるのは、インディアンの現在の日々の空虚さと、恐ろしい死を前にした黒人の姿であった。しかし、作品をさらにじっくりと読むうちに、インディアンの〈白人化〉による堕落のありさまと、対照的な黒人の潔い死の方法であった。

作品は以上の主題だけでも十分に味わい深い。しかし、インディアンの長老たちの曖昧で、ほとんど白痴の会話のような、第三者には非論理的なやりとりの謎が解けると、物語はさらに相貌を変える。老人たちの話の裏側に隠された意味と、語り手が途中での各所で何気なく触れていた話を考え合わせてみると、想定外の事実が仄かに見えてくるのだから。すなわちインディアンの首領殺し・親殺しの事件が。それに、三代目の身体像を裏切るような知恵の動きが。

〈紅葉〉とは、植物などが自然の変化によって、落葉にいたる現象を意味し、ひいてはすべての存在するものの「はかなさ」を象徴するものである。しかし、「紅葉」のインディアンをめぐる物語は、実は単なる〈無常〉の物語ではない。もっと血なまぐさく救い難い人間の欲望や罪の物語なのである。ただ、表向きは、インディアンの滑稽な物語の体裁を見せているが、やはりこの作品もフォークナーならではの技功や生産性を豊かに具えた作品なのである。

このほかにも、作中に織り込まれた黒人集落の様相や儀式、インディアン部族の過去から現在に及ぶ足取りや屋敷の様子などは、作品にさらに広い視野を与え、一層豊穣な物語にしている。逃亡する黒人や追跡するインディアンの姿や、彼らの心中を去来する多様な思いは、また一編の叙事詩である。異常に肥満した三代目の首領の呼吸の苦しげな様子を始め、蛇に咬まれた傷口や死体が臭ったりするといったグロテスクで人を食った話がまた物語をおもしろくしている。人間の世界の少なからざる「謎」と、様ざまの月並みを超えた現象がコラージュされた「紅葉」が、フォークナーの最高傑作の一編と言われるのも、けだし当然のことだろう。

〔注〕

1　拙稿「クエンティンの死」参照。『Attic Review』v、1968、Attic同人会。

2　容貌も才気も優れない彼が、一九世紀始めのパリでいい思いが出来たとは思えない。ただ奴隷の値段は『行け、モーゼ』によると、一人が六五〇ドル（一八〇七）、二六五ドル（一八五〇年代）と記録されているので（モダンライブラリー版、二六四―七）、彼は相当の資金を持っていたではあろう。そんな彼が社交できた女性は、下級ではあるが医療検診を受けている「鑑札もち娼婦」と呼ばれる公娼か、（息子の梅毒病みのような腫瘍だらけの手足から考え合わせて）もう一ランク下の私娼であろう（『パリ風俗』六五―七六、二四三―五五）。

3　小さくて可愛い足の官能性については「完全に隠蔽された下半身にあって、唯一（男性の）視線に解放されていた部分だった」ことによるところが大きい（『下着の誕生』九四、『明日は舞踏会』九六）。また、レッドヒール族については、『贅沢の条件』参照。

第五章

「あの夕日」

――「謎」や「視点、知恵の限界」だらけの短編――

はじめに

ここでは、フォークナーの作品としては読みやすく親しみやすい「あの夕陽」(“That Evening Sun,” 1931)を検討する。二四歳の語り手が、自分の少年時代に一家に振りかかった、懐かしい(しかし謎に満ちた)ある事件を、思いを込めて語っている。

〔一〕作品の概要

一. 本作品のセールスポイント

(一) 謎だらけ、わからないことだらけ、—読者を「宙吊り」にする。
(二) 子どもの目が見た世界の不可解さ。
(三) ユーモアに満ちている。
(四) 多言語、多文化の空間が展開する。
(五) (二〇世紀始めの) 南部の黒人の悲哀。

二. 作品の執筆時期　一九三〇年一〇月に脱稿、「スクリブナーズ」社に送ったが掲載は断られ、翌年三月『アメリカン・マーキュリー』の目玉作品として掲載された。今日アンソロジーに収められる作品は、たいていはこの雑誌版に修正を施して『これら十三編』（一九三一）に編入されたものにさらに手を加えた『短編集』（一九五〇）所収のもの（修正の代表例は、最初の原稿では黒人の名前がジーザス（Jesus）という畏れ多いものだったが、雑誌版ではジュバ（Jubah）に改変され、『これら十三編』でジーザスに戻された）。

三．執筆を巡る諸事情　登場人物やその性格が『響きと怒り』（一九二九）と重なる。だが、この短編の語り手で二四歳のクエンティンは、右の長編作品のなかでは二〇歳で自殺している。その意味でも、作品個々はそれ自体独立した作品として読まれるべきという大原則が確認される作品にもなっている。

〔二〕作品のあらすじ

一．登場人物

一軍　クエンティン（語り手）、ナンシー（黒人女性）、ジーザス（ナンシーの夫／恋人）、コンプソン夫妻（子どもらの親）、キャディ（語り手の妹）、ジェイソン（同弟）

一軍半　ディルシー、ストーヴァール氏（銀行員）、ラブレディ氏、牢屋の看守
二軍　レイチェルおばさん、ラヴレディ夫人と娘、フローニー、T．P．、ヴァーシュ

二．「あの夕日」の展開

（一）その構造

〔最初の一パラグラフ、一四行〕二十四歳の語り手クエンティンが、一九一三、四年ごろの月曜日の朝の、ジェファソンの町の様子を眺めながらそのありさまを語り起す。

〔第二パラグラフ以降終わりまで、テキストの二八九～三〇九ページ〕そのクエンティンが、一家に仕えていた黒人ナンシーを巡る、一五年前の事件の現場にテレポートされる。そして彼女を巡ってコンプソン家の家族の姿を、当時九歳の子どもの視点からリアルタイムで語る仕立てになる。だが、作品の冒頭の語りのとおり、現在二四歳の彼のいわば「検閲」を経た、一種の枠組み構造である。なお、語られている時点のキャディは七歳、ジェイソンは五歳。

（二）各セクション〔（Ⅰ）―（Ⅵ）〕の概要

この作品でも、各セクションごとに物語がどのように進められているかという点から取りかかろう。全体は六セクションに分かれている。前述のとおり九歳の少年の語りなので、独立した個々のエピソードが数珠繋ぎになっているので、それに沿って記すと――

（Ⅰ）1、近代化が押し寄せてきている「現在」の月曜日のクエンティンの朝。2、彼の連想

は、そこから一五年前のナンシーの月曜日にフラッシュバックする。3、彼女が家に手伝いに来る時間が遅いとき、兄弟で迎えに行く。彼女のルーズさが酒によるとの連想から、4、彼女が町の路上でストーヴァール氏にからみ、5、逮捕され牢で自殺未遂事件の話に。6、ナンシーの妊娠をめぐってジーザスと悶着が生じる。6、コンプソン氏に出入りを禁じられたジーザスは出奔するが、7、再び舞い戻ったという噂でナンシーは小屋に帰るのを恐れ、8、氏と子どもらで送っていく。ただ、氏は彼の帰還を信じていない。

(Ⅱ) 1、ナンシーを小屋に送る代わりに台所に泊める。2、そこでも彼女の怯えは高まり、3、子ども部屋に泊める。4、ディルシーの病気が治り仕事に復帰するが、5、夕方ナンシーは台所に来て、ジーザスの企みに怯えている。

(Ⅲ) 1、ナンシーはコーヒーを与えられるが喉を通らない。2、子どもらは彼女を家に泊める許可を母に求めるが拒否される。3、キャディが、ナンシーにジーザスを怒らせた原因を問うと、彼女はコーヒーカップを床に落とす。4、ナンシーは子どもらに彼女の家に行ってまた遊ぼうと誘う。5、子どもらは母に無断で、道中ささやかな口論をしながら、彼女の住まいに行く。6、彼女はおとぎ話をするが、「声だけが内側にあって、彼女自身は…外にあった」。

(Ⅳ) 1、キャディたちは家に帰りたがる。2、ナンシーは壊れた器械でポップコーンを作ろうとする。3、子どもらの父親が来る。

(Ⅴ) 1、父親はナンシーの恐怖を繰り返し「ナンセンス」と断じる。2、氏は彼女の嘆きを放置して邸に帰ろうとすると、3、彼女は葬式の棺代はラブレディ氏に預けてあるという。4、その男は保険屋で妻は自殺し、残された幼い娘をどこかに預けて仕事を続けている。5、コンプソン氏は「お前さんは明日朝一番で台所に参っておるだろうさ」と言う。

(VI) 1、氏は子どもらを連れて戻るが、2、ナンシーは戸を開けたまま火の前に座って、恐怖の声を出し始めた。3、クエンティンは父に「これからはおうちの洗濯はだれがするの？」と訊ねる。4、キャディが弟ジェイソンの臆病ぶりをからかって、父親に「これ、キャンダシィっ」と嗜められる。

以上の語りの展開から、ナンシーは、(一) ジーザスの恨みを買い、(二) 彼が復讐の意図をもって戻ってきたと思い、恐怖心に駆られている。一方コンプソン氏は、(三) ナンシーの思い込みを否定している。作品全体の観点からは、(四) クエンティンがなぜこんなことを思い出したのか、ということに大きな意味があるだろう。

〔三〕「あの夕日」の読み処 (I) ―不たしかなところだらけ

一・ナンシーをめぐる事件―その不たしかさ

物語は、ナンシーがジーザスの影に怯えながら過ごすうちに、〈最後の夜〉と恐れおののいて、一家の子どもたちに助けを求める日までのありさまを、九歳のクエンティンの目を通して焦点を絞っていくという仕立てになっている。物語はナンシーと子どもたちのお喋りを中心に進められるので用語も文体も難解なものはほとんどなく、フォークナーの作品としては、一見したところでは例外的にわかりやすい作品である。

だが、この作品もあれこれ考えを巡らすうちに、ストーリーのうえでも、人物像の点でも、わからないことが次から次へと生じてくるのである。ペリーヌという研究者は、この作品の曖昧だったり不可解だったりする箇所を「二二ヶ条」もあげ、それらについて考えうる限り妥当な回答を試みた論文を書いているほどである。端的な例を引くと、妊娠したナンシーの子の父親については三つの可能性が指摘される。すなわち、(一) ストーヴァール氏、(二) 複数の白人、(三) ジーザス、であるが、そのいずれとも断定する根拠がないと述べている。

ところがこの三つのケースのほかにも、(四) コンプソン氏かもしれない、という論を展開する学者もいる。その論考によれば、最後の場面でナンシーが子どもたちをジーザスに対する「盾」として連れ出すのは、「意識的、無意識的にコンプソン氏に復讐している」ことになるという (エイドリアン・ライン監督の映画「危険な情事」〔一九八七〕を思い出させるような)、大変怖い読み方もある (ポーク、一九八七、一四八)。

これと似たような話は、日本の現代文学の世界にもあって、評論家 (フランス文学者) の中条省平が、村上春樹の『ねじまき鳥クロニクル』に見いだされる謎を一七ヶ条あげ、「作家の倫理的責任の放置と言わざるをえない」と非難したという (加藤典洋、一六八)、(なお、江川卓著

『謎解き「罪と罰」』に比べると村上春樹の「テクストに仕掛けられた謎など、あったところで、わざわざ解いてやることもないのだった！」などと毒舌を吐いている人もいるが［渡部直己、七九］）。

（二）ナンシーはジーザスのどんな恨みを買ったのか

ジーザスの恨みの原因は、単純に考えれば、〈彼女が白人の男たちと交わっていたから〉、ということになる。ジーザス自身が「オレは白人の家の台所に出入りできねえってえのに、白人の連中が俺たちんとこへ勝手に入ぇって来やがっても、止めることぁできねえ（Ⅰ）」と言っているところがある。「台所」に「女性」の意味を込めて、暗にナンシーの身体を自由にできる白人を恨んだ言葉である。コンプソン氏もナンシーにむかって、「白人に関わらねば」よかったとか、「しかと行儀をわきまえておれば、かようなことはなかった（Ⅰ）」と述べている。

だが、「「あの夕日」――一連のもつれた曖昧さ（一九八五）」の著者ペリーヌの指摘で改めて気付くのだが、ジーザスがナンシーに嫌みを言ったり、からんだりするようになるのは、彼女が〈白人と関係をもつ時点よりもかなりあと〉のことである。たしかに、彼は頬に切り傷をもち、ろくに仕事もしていない怠け者のようであった。だが、彼が、「オレのなかの悪魔を起こしやがった（Ⅰ）」と言い出すころまでは、ナンシーも言うように「いつも優しい人だった」。そもそも、彼女と白人の関係が赦せないなら、彼は町を出て行ったりせずに、即刻どのようにでも（ナンシーを殺すなり、白人に復讐するなりして）、始末をつけられたはずである。

だとすれば、ナンシーのジーザスに対する負い目とは、彼の子どもを堕胎したという説（ジョーンズ、二九〇）をとるべきなのだろうか。たしかに、作中でナンシーの大きな腹についての言及がなくなるのは、クエンティンが「父さんはジーザスに出入りを禁じた。ディルシーはまだ病気だった。長い時間がたった。僕たちは夕食がすんで勉強部屋にいた（傍線引用者）」と語り、直後に台所からナンシーの泣き声が聞こえる箇所のあとのことである。読者はこの時点で、過去にジーザスが一度出奔し、今また帰ってきたらしいという噂があることを知るのである。したがって、もし受胎した子どもに何かがあったとすれば、この「長い時間がたった」間のことであり、またそのことが彼の出奔と時間的に照応するのである。

もっとも、これも断定する根拠は何もない。たとえ時間のうえで平仄が合うとしても、ジーザスという男が、ナンシーの腹のなかの子を惜しむ心のもち主である根拠もまったくない。また当時は、黒人の堕胎は禁じられていた（ただ、ほとんどの州では一九七三年の「ロー対ウェイドの裁判」での最高裁の判決までは、人工妊娠中絶は認められていなかった）。ナンシーの妊娠に関しては、人工中絶をした可能性のほかに、何らかの原因による流産があったことと、まだ妊娠中であるという三つの可能性が決着のないまま残る。(1)

こうしてみると、いったい何がジーザスを怒らせ町を飛び出して行かせたのか、まったくわからなくなる。それに、そもそもジーザスの出奔の理由を、彼の立腹のゆえと思うのも、ナンシーや読者の思い過ごしかもしれない。実際のところ彼は、ただ単に彼女に飽きがきただけのことかもしれないし、浮気をしていたからかもしれない。コンプソン氏の言う「奴っこさんは今ごろセントルイスで新しい女と暮らしているだろうて（二九五）」という言葉も、案外真実かもしれない。あるいは、もともとヤクザな彼のことだから、警察か何かの目を逃れるために、姿を消したのかもしれない。

ナンシーとジーザスの決別の原因についての正確なところは、当時九歳の語り手には理解できなくても仕方がない。ただ、このときのコンプソン氏も、現在二十四歳になったクエンティンも、そのことについてはいっさい言及していない。読者はこの真相については知らされないまま終わることになる。これは、もともと子どもの理解力の限界のせいであり、またコンプソン氏が説明しないのは、親としてもそんな必要はないと思っていたためかもしれない。

さらにもう一つには、白人の側の、黒人の事情や感情に対する関心度の低さということにもよるだろう。そう言えば、ナンシーとジーザスの関係も、正式の配偶者同士だったかどうかも語られていない。そして何よりも、最終的な判断は読者に委ねるという、例によってフォークナーならではの「言い落とし」の技巧が仕掛けた謎の一つなのであろう。

（三）ナンシーの人物像

もともと彼女は謎の多い人物である。表向きは、当時としてはごく普通の黒人女性で、白人家庭の洗濯や台所仕事をしている。ところが一方では、普通の善良な女性であるとはにわかには言い難いような人物でもある。たとえば、二日に一回は子どもらが起こしに行かなければならないような怠け者だったり、逮捕歴も何回かあったりする（やはりその原因や理由はわからないが）。

そのうえ、買春はするし、アル中ともシャブ中とも怪しまれている（白人の看守たちの思い過ごしかもしれないが）。(2)

どうやら、この作品のなかのナンシーは、二〇世紀初頭の月並みな黒人女性の枠のなかには納まり切らない人物のようである。公衆の前で、銀行勤めで教会のお偉方のストーヴァール氏に食ってかかる気性といい、相手の社会的な立場を公衆の面前で逆手に取る、という世知にたけた計算能力といい、巧妙であり非凡である。当時の町の人々の目から見て、牢屋で自殺を図るというのも、珍しいことのようである（I）。

またジーザスに対する執着心の激しさも、強烈である。コンプソン氏が、彼女を安心させようとして、「奴っこさんは今ごろセントルイスでほかの女を女房にしてるだろうて」と言うと、彼への恐怖心はどこかに吹っ飛んで、嫉妬心が燃えあがる。

あのひとのそんなところを見るのだけはかんべんしておくんなさい。…あたしゃきっとあのひとの枕もとに立って、あのひとが女をだくたびにその腕をぶった切っちまうから、あのひとの首もぶった切って、女の腹を掻っさばいてそん中に――」　（I）

このような烈しい未練は、女性には共通のものであろうが（男とて同様だが）、彼女のようにこれほどあからさまに口に出す人はそうざらにはいないだろう。

このジーザスに対する強い愛着、絶ちがたい未練の裏返しとして、彼に対する何らかの負い目があり、ひいては強い恐怖心があるのかもしれない。ナンシーはジーザスが帰って来たという風評に怯えて泣くが、その確証はどこにもない。唯一の根拠は、「ある黒人が彼女に言って寄越した（I）」ことを、彼女がコンプソン氏に伝え、それが今クエンティンに伝わっているということだけなのだから。彼女が「印し」と言っている「テーブルの上に載っていた真っ赤な血と肉のくっついたままのブタの骨（IV）」も、実際にそれを見た者はほかに誰もいない。読者がジーザスのことを知るのは、ただナンシーの言葉からだけである。

ディルシーは「彼が帰ったなんてどうしてわかるのさ。ご本尊さまを見てもいねえでさ（II）」といぶかっているし、コンプソン氏も彼女の言葉を妄言ととって、「ナンセンス」と四回も繰り返しているほどである（IV）。彼女がこのとき常軌を逸していることは、精神と身体がバラバラなところにも現れている。キャディにジーザスを怒らせるようなことをした原因を訊ねられ、コーヒーカップを落としたとき、「両手はカップをもった形のままだった（III）」し、自分の手がランプに触れていても、火のなかにあっても、気付かないといったように（IV）。これらの前提をもとに、まったく客観的に見ると、ジーザスの帰還というのは、彼女の幻想かもしれない。

ただ、たとえそのことが現実であれ幻想であれ、彼女の彼に対する思いや嫉妬心を考え合わせると、彼への恐怖とは別に、その帰りをひたすら待つ願望も、強くひそんでいたことであろう。いやむしろ、たとえ苦痛であろうとも、いっそのこと〈彼に殺してもらいたい〉というほどの女心が、いわば「愛死」の情念が、あったのかもしれない。そして、そのような思いの強さ、あるいはオブセションが生んだものが、〈ジーザスの帰還幻想〉だったのかもしれない。

(四) ナンシーのその後

果たして彼女はジーザスに殺されたのだろうか。先のペリーヌは、この点が「〈正解のない質問〉のなかで頂点をなすものの一つ」と述べ、さらに続けて、フォークナーは「作品がクエスチョンマークのままで終わるように仕組んだ」と論じている(二九五〜七)。フォークナーの研究者の間では三対一の割合でナンシーは殺されたと読む人が多いようである(ジョーンズ、二六八)。最終的な判断は読者に任せられて、まさに前述の『輝く日の宮』のなかで、道長が「すべての典籍が崇められ、讃へられつづけるためには、大きく謎をしつらへて世々の学者たちをいつまでも騒がせなければいけない(四二三)」と、説いているとおりのありさまが起きているのである。

ただこのことは、諸家が指摘するように、翌朝になればわかることなのである。まして、一五年後の語り手には、はっきりとわかっていることである。ところがそのことはいっさい述べられていない。それが言われていないということのなかには、ことによると、「謎をしつらへて世々の学者達をいつまでも騒がせ」ること以外の要素もあるのではないか。その一つとしては、先に二〇世紀初頭の白人の、黒人の感情に対する無関心について触れたことに関連する。ナンシー自身テキストのなかでも三回も「わたしゃどうぜ黒んぼでござんす。わたしのせいじゃござんせんが」(I、II、VI)と言っている。ここには、さらに黒人の生死など誰も問題にしないという彼女自身の認識がひそんでいる。

だがフォークナーが、あるいはクエンティンが彼女の生死について「言い落とした」のは、はたしてそのような時代の通念のせいなのだろうか。ナンシー暗殺説派の多くの研究者たちは、ホラーストーリーの自然の流れで、その帰結部分は書く必要が無かったものと解している。特にフォークナーは、登場人物の生死など決定的な瞬間の描写は省略する作家でもあるから（例えば、「乾燥の九月」のウィルや『八月の光』のミス・バーデンやクリスマスの殺された場面、あるいは『サンクチュアリ』の第一三章のテンプルが陵辱される場面などは典型的な例である）。

別の研究者は、作品の最後がコンプソン氏の「キャンダスっ」という一言である点に注目して、これはクエンティンにとって決定的な一語だから、と説いている。すなわち、『響きと怒り』で自殺するクエンティンは、妹のキャディに対する絶ち難い愛情をもっている。彼女の喪失は、彼の〈死の方法〉を決めるほどだった。だから「あの夕日」でも、その名前が、父親の口から放たれたとき、また現在二四歳の語り手の青年の思念に蘇ったとき、彼の〈すべての思考が停止した〉のだという論である（ハースト、一四七）。だが、この説は、「あの夕日」以外のテキストの文脈に依拠することになるので、よい解釈とはいえない。

コンプソン氏は、ナンシーの恐怖に根拠が無いことを繰り返し説いている。氏も、ジーザスの帰郷の噂を知った最初の晩はそれを鵜呑みにして、彼女を小屋まで送って行った。次に彼女が台所で泣き声をあげた夜も、ピストルを携えて（Ⅱ）、不審者の侵入をたしかめようとした。だが、ディルシーが復帰する晩までには、「ナンシーが勝手に、〈奴がいる、奴が今晩いるのがわかる〉と言っとるだけなのさ（Ⅲ）」と言い、「帰って鍵をかければ大丈夫（Ⅲ）」と、キャディに伝えさせている。その夜子どもらを迎えに行った際にも、ナンシーの怯えを「ナンセンス」と断じながら「明日、朝一でお前さんの姿を台所で見るだろうさ（Ⅵ）」となだめ、放心状態の彼女に戸締りを委ねて小屋を出る。氏がもしジーザスの存在を疑っていたら、そうはしなかっただろう。

帰り道でキャディが「これからなにが起こるの（Ⅵ）」という質問に対して氏は「何も起こらんよ」と応え、クエンティンの「これからおうちの洗濯、だれがするの」に対しては、言葉にして返事を返してはいない。ただ、父親のすべての言動を見ていたこの聡明な少年は、〈父親の言ったことを信じた〉のである。信じた以上は、その後のナンシーの生死の結末など思い惑う必要がなかった。そして実際彼女は翌朝台所に来ていたのであろう。だから、一五年後にこの件を語るに際しても、ことさら彼女の生死に触れる必要など、まったくなかったのである。

二．コンプソン家の人々

（一）クエンティン

クエンティンは、現代の町の風景に鬱屈した感情を抱いている。道路が舗装され、自動車や電気などの文明の波が町に押し寄せてきたことに不快を覚えている。「街路の木々が切られ…、ぶよぶよで幽霊じみた血の通わぬぶどうの樹ような電柱に代わってしまった（Ⅰ）」ことに痛恨の思いを抱いている。そして思考は流れるままに、子ども時代の過去の一幕を語って、父親を中心にした安定した日々の思い出に耽っている（シェイ、一九九九、一八二）。〈いろいろあったけど、あのころはよかった〉とばかりに。

だから、今は、ナンシー事件の結末を「言い落とし」、現時点の彼女のことも聞き手のことも忘れ、ただ過去の日々の追憶に陶然としているのである。こうして「あの夕日」の語りは、〈嫌な現在 vs. 懐かしき良き過去〉と言う基本構造のうえに展開されている。「過去」にはごく一部しかわからなかった大人たちの話も、「現在」から見れば忌まわしい面もあるが、それも含めすべて容認できるものだった。ナンシーのことも、悪いこともしているようだし、わからないことも多々あったが、それもたいした問題ではなかったのだ。つまり、彼女の殺人事件に関るようなことが起きなかった限りにおいては、すべてことも無しなのである。

もっともラヴレディ氏のことだけは、最後に近い場面で唐突に思い出され、聞き手に向かっても、いささかの説明が加えられているのも不思議だが（V）。これも、きっと〈ラヴ・レディ〉などという心を揺さぶるような名前でなかったら、そして氏の過去が（妻は幼い娘を残して自殺したという）、その美しい名前を裏切るような皮肉で無惨なものでなかったら、語り手は脱線などせず、思い出に耽り続けていたことだろう（この婦人の自殺の原因についても説明がない）。この脱線は、諸家の解釈では、この夫妻がコンプソン夫妻と、愛情の薄さという一点でパラレルな関係であると指摘されたり、クエンティンの自殺志向と関連付けられることがある。だがむしろ、このような白人の男女の事件も過去の社会の実相の一面であるが、クエンティンにとっては、それを承知のうえでも過去は懐かしき良きものだった、ということではないだろうか。

なお、成人したクエンティンが、一二歳のときの楽しかった一日のことを語る、同様の構造のもう一つの短編、「正義（“A Justice,” 1931）」がある。ここでも、過去は快い思い出として語られている。彼がそのとき聞いた「話はよくわからなかったように思う（一一三）」ほど複雑なものだった。だが、祖父の葉巻の匂い、夕暮れ時に漂ってくるにハムを焼く匂いとともに、心は今もそこに残っている。「僕たちはみんな、おじいちゃんは立派な仕事をしていて、人生のいろんな場面が…素晴らしい絵になるって信じていた（一一四）」。こうして過去は、語り手の青年の心が帰って行くところなのである。

（二）そのほかのコンプソン家の人々

コンプソン氏は、常識と判断力を弁えた寛大な家長である。ナンシーを小屋に送っていくし、ときには邸の台所にも、子ども部屋にも泊まらせる。子どもらが無断で彼女の小屋に行っても叱ったりしない。また夫人や子どもに対してもまっとうな対応をする。夫人の自己中心的な恨みや僻みにたいしては、一言「ナンセンス」と言って片付ける（Ｉ）。わがままを言って駄々をこねるジェイソンには、「チョコレートケーキをもらえるかどうかは知らんが、お前が何をいただくことになるかってことはわかっとるぞ（Ⅲ）」と、厳格に応じている。

この意味では『響きと怒り』のなかのコンプソン氏とは、かなり異なっている。一方コンプソン夫人の方は、その長編作品に登場する人物像とまったく同じで、不平不満の塊りのような人物である。ものごとを否定的にしか捉えない。夫に関しても「お前さまは、一日じゅうわたくしの嫌うことばかりなさろうと考えておいでの方（Ｉ）」と、すべてひねくれたとらえ方をする。

彼女は、ナンシーに同情的な夫や子どもの行動にいちいち文句を言って止めさせる。フォークナー研究の代表的な学者ポークは、この作家の一九二七～三二年ごろの作品中の子どもたちを「一家の囚人」と述べ、家が本来の母の胎内のような安全な場所ではなく、性や死の恐怖に満ち、欲望や生命力の抑圧者であると論じている（一九九六、一四四）。コンプソン夫人の姿は、「あの夕日」の家も、あの「暗い家」の一つであることが納得できる。さらに、この家では、子どもの質問に対する応えが返ってこない。子ども同士の楽しい会話も交わされていない。

子どもたちは、『響きと怒り』の三人をそのまま連想させるキャラクターである。怯えているナンシーの小屋に行こうとするときの三人の兄弟の言葉は、それぞれの特色を端的に示している。

「お母さんは許してなんてくださらないよ」ぼくが言った。「遅すぎるんだから」。
「奥さまに伺ったりなぞなすらないでおくんなさいな」ナンシーは言った。（中略）
「お母さんは許してくださりっこないよ」僕は言った。／（中略）
「お母さんはあたしたち行っちゃいけないなんて言ってないわ」キャディが言った。
「ぼくたちまだ訊いてないんだもの」僕が言った。
「もし行ったら、言いつけてやるもん」ジェイソンが言った。／（中略）
「あたしは行くの、怖くなんかないわ」キャディが言った。　（Ⅲ）

クエンティンは思慮深く、キャディは大胆、ジェイソンは小心で卑怯な子どもであることが、双葉のころから芽生えていることがわかる一節である。さらにキャディは好奇心のあふれる少女で、大人たちの会話にしばしば口を挟む。そんなときに、大人と子どもの双方のギャップに生じるユーモアについて、次に見てみよう。

〔四〕「あの夕日」の読み処（Ⅱ）

一・ユーモア

フォークナーのあらゆる作品には、多様なユーモアを多量に見ることができる。最初の小説『兵士の報酬』（一九二六）のドタバタ喜劇から、『響きと怒り』（一九二九）のジェイソンの悪口雑言、誇張やピエロ振りや、またクエンティンの頑なで機械的な言動にいたるまで。『死の床に横たわりて』（一九三〇）ほかの、作中の人物たちの頑固で不器用な性格や、知識や視点の限界から生じるユーモア、また、『村』（一九四〇）、「熊狩り」（一九三四）、「猟犬」（一九三一）ほかに登場する阿呆、粗忽者、ほら吹き、知ったかぶり、好色家、頓知者、人情家、詐欺師等の滑稽な人間たち。どんでん返しや意外な展開を見せる事件など。

「あの夕日」にもユーモラスな場面は頻出するが、ここで特に顕著なものは、子どもの知識や視野の限界から生まれる滑稽さである。そこには、子どもの純粋、可愛らしさ、素朴さもうかがえて、読書の喜びを大いに与えてくれる。幾つか例をあげておこう。

（イ）妊娠したナンシーの大きな腹が話題の場面で

〔ジーザス〕は、ありゃスイカだぁね、ナンシーが着物の下に入れてるやつぁと言った。

「でもこりゃ、お前さんのツルからとれたもんじゃあないよ」ナンシーが言った。

「ツルからってなんのこと？」キャディが言った。

「オレはそいつがとれたツルなんぞぶった切ってやろうじゃねえか」ジーザスが言った。

「子ども衆の前でお前さんはなんてこと言いなさるのさ」ナンシーが言った。（Ｉ）

子どもには理解できない隠語を、幼いキャディが聞き質そうとしている情景が目に浮かぶようである。次も、好奇心や探究心の旺盛なキャディの母親への質問の場面である。

（ロ）ナンシーの怯えの意味が分らなくて

「警察官はだてにいるわけじゃないんでございましょう？」

「どうしてナンシーはジーザスをおっかながってるの？」キャディが言った。「お父さまっておっかないの、お母さまも？」

「警察は何もやってはくれんのさ」父が言った。「ナンシーが奴っこさんを見たあかしもないいってんじゃ、警察の出る幕じゃあないのさ」　（Ⅲ）

彼女の質問は、実は大人たちにとっては、痛いところを突かれたのかもしれない。一方子どもには、夫婦の間に隙間風が吹くことなど想像できない。ここにも双方のギャップがある。

（ハ）闇に潜むジーザスを意識したナンシーの言葉の場面。
「どうしてそんなに大きな声で話してるの、ナンシー」キャディが言った。

「だれが？あたし？まぁ聞いておくんなさいまし。クエンティンさん、キャディさん、ジェイソンさん、あたしゃ大声でしゃべってるんですってよ」

「ナンシーったら、あたしたちがここに五人もいるような話し方をするのね」キャディが言った。「お父さまが一緒にいるみたいな話し方をするのね」

「誰がです？あたしゃ大声で話しとりますでしょうか、ジェイソンさま」ナンシーが言った。

「ナンシーったらジェイソンを〈さま〉って呼んだわ」キャディが言った。

「あらまぁ、キャディさん、クエンティンさん、ジェイソンさんのおしゃべりを、まあお聞きなさいまし」ナンシーが言った。　（Ⅲ）

ここでもキャデイの言っていることは真実で、ナンシーはたしかにそこに人が全部で五人いるような話し方をしている。まだ七歳のキャディにはナンシーの意図が読めないという知識のミゾが、ユーモアを添えている。なお、同一の名前をもつ複数の人物の存在が招く曖昧さ、混乱、滑稽が、この時期のフォークナーの作品の一つの特色として、しばしば見られる。ここでは、父親と二男の名前の同一性がおかしさを生んでいる。

(ニ) 同じ名前の招く混乱

「お前さまは子どもらを無防備のまま放っておきなさるのですか、あの黒人がうろついていると申しますのに」(中略)

「奴っこさん、何ができると申すか。あいにくこの子どもらを捕まえなぞしたら」父が言った。

「ぼくも行きたーい」ジェイソンが言った。

「ジェイソン!」母が言った。母は父に向かって言っていた。それは母が名前を言ったときの言い方でわかるんだ。(I)

(ホ) またナンシーの(情)夫の名前とイエス・キリストの名前の混乱を意図した場面。

「それって、ジーザスだったの?」キャディが言った。「あの人、台所に来たの?」

「ジーザス」ナンシーが言った。こんなふうに、ジイィーーーーザス、と音が消えていくまで、ロウソクの火をつけたマッチが消えてくみたいに。
「それって、もう一人別のイエスさまのことだよ、ナンシーが言ってるのは」（Ⅱ）

このタイプのユーモアは、『響きと怒り』の叔父と姪の二人のクエンティンの場合、『サンクチュアリ』のナーシサの子のベイヤード・ベンボウ・サートリスと彼女の兄ベンボウ（四〇）、ミス・レーバの情夫ビンフォード氏と同名の犬の名前の場合等々の混乱のシーンにも見られ（一七八）、ドタバタ喜劇のもとになっている。

フォークナーの作品はこの短編を含め、いずれも人間の暗黒面を惨酷なほど多く描いている。だが、そこに織り込まれたユーモアは、あどけない子どもたちのありさまとともに、「コミック・リリーフ」や、息抜きの役目を果たしている。この世界はネガティブな面ばかりでないことを、適切に示してくれている。

二．多言語世界

フォークナーの作品には、ヨーロッパ系のアメリカ人ばかりでなく、原住アメリカ人（インディアン）やアフリカ系アメリカ人等様ざまの人種の登場人物がいる。また様ざまの階級や職業の人々がいる。それらの人々が、この作家の創造した世界、ヨクナパトーファ郡の社会を構成している。

そこでは、話し手が代わると、当然その語調や語いも大きく変わってくる。教養を備えた人々の標準的な言語と、普通の町や村の人々、そして貧しい白人や黒人たちの奔放で粗野な言語のコントラストが、この世界、ひいては作品の、重層性を増している。

その言語の多様さは、フォークナーのどの作品にも見られるものであるが、「あの夕日」には大きく分けて三種類の言語が使われている。すなわち、白人の大人ばかりでなく、子どもがいて、黒人がいて、それぞれ相互に異なった表現様式の対照や衝突が見られ、ダイナミックな世界が展開しているのである。この多言語からなる世界を一瞥するためには、やはり原文を引用しなければならない。

（イ）まずナンシー（黒人）とコンプソン氏（大人）とキャディ（子ども）の三種類の言葉が見られる箇所から。

"Cant nobody do nothing with 〔Jesus〕," Nancy said. "He say I done woke up the devil in him and aint but one thing going to lay it down again."

"Well, he's gone now," father said. "There's nothing for you to be afraid of now. And if you'd just let white men alone."

"Let what white men alone?" Caddy said. "How let them alone?"

"He aint gone nowhere," Nancy said. (I)

(「どなっさんがあんばいしておくれなすっても、あの人のこたぁ何ンにもできゃしねぇです」ナンシーが言った。「あの人の言うにゃ〈おめぇがオレの悪魔を起こしやがった、そいつをまた寝かしつけるにゃあ、手は一つしかねぇ〉、って言うんでござんす」／「何を言うか、奴はもうおらんのだ」父が言った。「お前さんは何も心配せんでよい。だが白人からは身を引くのだぞ」／「どの白人からミをひくの？」キャディが言った。「どうやってひくのぅ？」／「あの人はどこにも行っちゃいねぇです」ナンシーが言った。）

ナンシーの言語は語順、人称、時制等が、正規の文法どおりでない。また、単語も語法も独自であったり（aint but one thing going to ...）、否定を強調したいときには二重否定が用いられたりしている。こうして読者は、いわばもう一つの外国語を体験するのである。これは、どの作家でも一般的に取り入れている表現法である。だがフォークナーは他の作家よりその頻度が大きい。一方コンプソン氏の用いる言葉は的確でクールな言語である。文法上の破綻もない。キャディーの言葉も、正当な語法ではあろうが、子どもらしい好奇心に満ちた疑問文で、語順などの点で理解するのに一瞬手間取るところであろう。

（ロ）もう一つの例として、クエンティンの子どもらしい表現と、ディルシー、ナンシーの発話の箇所を見てみよう。

She began to make the sound again, not loud. Not singing, and not unsinging. We watchd her.

"Here," Dilsey said. "You quit that, now. You get aholt of yourself. You wait here.

I going to get Versh to walk home with you." …
Nancy looked at us. "We had fun that night I stayed in yawl's room, …?"　（Ⅲ）
（ナンシーはまた音を出し始めた、おおきくはないが。歌っているでもなく歌っていないでもない。／「さぁさっ」ディルシイーが言った。「お止め。しっかりおしよ。ここでお待ちな。ヴァーシュに言いつけてあんたを送らせてあげるからさ」（中略）／ナンシーは僕たちをじっと見た。「あたしら、あの晩おもしれぇことしましたわね。あたしが坊ちゃんや皆さんとこに泊めておもらいした日のことでござんすよ」。）

クエンティンの語法は規則どおりできれいな英語である。だがナンシーの発する声の意味が理解できないため、容易には解釈し難い妙な語が混入している。「歌うような、そうでないような音」と。彼は多分、彼女の感情の意味がわかっていないからなのだろう。たしかに九歳の少年には、男女の間の愛の喜びや苦しみは理解できなくて当然かもしれない。ほかの箇所でも、たとえば「いきなり大きな水が彼女の顔に出てきて大きな玉になってこぼれ落ちた（Ⅳ）」のように、「涙」ではなく「水」としか表現していないところが二箇所あるくらいだから。先のナンシーが口から出す妙な音も、文脈からは「恐れおののきながら出す抑えた泣き声」であって、実際には「歌う」ような声などとはとても言えないものだろう。

ディルシーも地域の庶民的な人々の語いや（aholt）、正用法から外れた（be動詞の省略）言葉を使っている。また、ナンシーの「おめぇさまがたみんな（yawl's）」も、奔放な発音に由来するのだが、まるで未知の、外国語の単語のようである。この二人の黒人は、作品の物語への寄与というほかに、あたかも英語からもう一つの言語に〈翻訳・転用〉された言語の使用者として、作中で大きな存在をもっているのである。

フォークナーのヨクナパトーファの世界では、このように、異人種間、異階級間の言語と文化が入り交じって、世界の重層性が示されることは少なくない。だが、短編小説という限られたスペースのなかで、何種類もの人と言語が衝突して、ダイナミックな多文化世界を提示する例は、そう多くはない。「あの夕日」はそのような特異な短編小説の例の一つとして、(「熊狩り」〔"A Bear Hunt," 1934〕と並んで）大きな意味をもっているといえよう。

三．黒人の悲しみ

若い諸君とこの作品を読むとき、彼／彼女らに強い衝撃を与えることの一つは、黒人差別の問題である。この作品には、それを端的に表現している箇所や語句が頻出する。ことに、ジーザスが、白人は黒人の女性を自由に弄ぶことは出来るのに、黒人はそれができないという趣旨のことを述べているところなどは。代表的な例である。またナンシーが、ジーザスの復讐の恐怖におののいているときにも「あたしゃただの黒んぼでしかねえんです」（I、II、VI）と、まるで自分が虫けらのような存在でしかないことを嘆くところに見られる。

白人側にも、差別的な言動をはっきり言う人物がいる。例えばコンプソン夫人は、ナンシーを送ろうとする夫に「あの女の無事のほうがわたくしの身より大切とお考えなんざんすか（I）」

とか、「あの黒人がうろついていると申すに、わたくしらの子どもは放っておかれますのか（Ⅰ）」といった言葉に見られるとおりである。また町の白人たちも、黒人を同等の人間と見ないような言葉を言う。牢で自殺を図ったナンシーのことを看守はこう言ったという。

看守はそれをウイスキーのせいじゃなくてコカインのせいだと言った。って言うのは、黒人なんかコカインでらりったりでもしなけりゃ自殺なんかせんから。それにコカインでらりってる黒人なんざあ黒人じゃねえんだ、って。（Ⅰ）

この看守の言っている理屈をたどることも困難だが、例えば、コカインに酔った黒人は〈「黒人」ではない〉、↓即ち〈不可解で忍従一筋に見える黒人とは異なった生き物〉で、↓ひょっとして何らかの感情もあって、↓黒人とは別の行動をとる、↓従って自殺もするかもしれない、といった論の流れにでもなるのだろうか。

四．様ざまの読み方

（一）諸家の諸説

「あの夕日」は、二十四歳の青年が一五年前の日々を振り返って、そのころの一家の周辺に起こった事件を思い出して物語るエピソードであった。前述のとおり、物語の中心人物のナンシーのその後はわからないが、殺されると取るほうが自然の読み方と考える読者が、そうでないと読む人よりも三対一の割合で多かった（本書では後者の読み方をしたが）。またタイトルが、W．C．ハンディの「セントルイスブルース」の一節、「私は太陽が沈むのを見たくない（夜が来るから）」に由来していることからも、この作品を、一人の女性の恐怖を描いた物語という読みを促している説が圧倒的に多い。

一方この作品を、「ナンシーとジーザスのドラマというよりも、コンプソン家の人々の道徳性の強さに関する物語（ジョーンズ、二九一）」というような読み方がされる場合がある。あるいは、時間や変化のもつ惨酷さとか、子どもらの無垢の喪失といった主題を読むものもある。またクエンティンの成長の物語と捉える読みのなかには、話が進むにつれ彼が次第に寡黙になるところに注目して、その知的な成長を読み取るものから、ジーザスに代表される悪との出会い、すなわちイニシエーションの物語と読む説まである。

これらの読み方はいずれも妥当なものであろう。そして、それらの主題の間には、子どもの世界から大人の世界を見る視点からの、新しい驚きやユーモアが塗り込まれていたと、付け加えてもいいだろう。また、その間には、多言語多文化の重層的世界が見られることのおもしろさや、黒人の人生の哀しみが語られていることも、読むことができるのである。

（二）もう一つの読み方

さらには、語り手が語る「現在」という時点に一層の比重を置き、（前のところでも触れたが）彼がその社会の姿に心を痛めているところから、もう少し別の読みに思いを巡らしてもよいだろう。すなわち、大切な故里や過去の思い出の蓄積を無惨に破壊していく近代化の大きな波は、繊細なクエンティンには、さぞ辛く耐え難いもののはずである。過去の喪失は、自己の喪失と同じほど痛切なものであろう。そんな折に、改めて一五年前のパラダイスのような過去の一情景が、現在のクエンティンに蘇っているというありさまも、この作品の読み処なのである。

そして、その懐かしく好い過去の一日のなかには、多情多恨の女性ナンシーの人騒がせなエピソードがあった。彼女は、彼女自身の予測に反して、また父の想定のどおり、無事だった（それゆえ、こうして心安らかに、その物語を語れる）。家庭も、それが子どもたちにとっての「暗い家」に暮れていく直前の、ほのかな輝きのようなものがあった。父は、常識と勇気のある家長で母をも包んでいた。子どもらも実に伸びやかに育っていた。

こうして、物語が現在と過去の対照をなしていることに相応して、作品の内容も現在の暗と過去の（表向きの語りに反する）輝きが、見事なコントラストをなす構成になっているのである。黒人と白人の対照も、子どもと大人の対照も、作品のバランスに大きく寄与している。再三触れたこの作品の曖昧なわかりにくさは、この作品の美しい構成に深みを与えるさらなる要素となっているのである。

なお、この作品は、タウナー&キャロザースの短編論でも「おそらく最高の傑作だろう（一五三）」と述べられている。また、先年物故した現代のアメリカを代表する作家ジョン・アップダイクが二〇世紀の末に編んだ、『今世紀のアメリカの最高の短編小説集』では、一九三一年の項に「あの夕日が沈み行く」を選んでいるのも、けだし当然という思いがする（そのタイトルから想像できる通り、この本に収録された作品は『アメリカン・マーキュリー』版に依っていて、ジーザスの名前もジュバ（Jubah）となっている）。

〔注〕

1もし作品外の根拠によることが許されれば、事故による流産だったということになる。「あの夕日」の二〇年後に書かれた『尼僧への鎮魂歌』（一九五一）のなかで、ナンシーと同一人物と言えるナンシー・マニゴーは、次のように言っている。「ピクニックだったかダンスだったかばか騒ぎの最中だったかけんかだったかのときに、男に腹を蹴られて〔六ヵ月の〕子を亡くしてしまった（二四〇）」。

2「朝寝坊」の原因は、L．ペリーヌによれば、1．二日酔い、2．売春、3．コカイン、4．単なる寝坊があげられている。「逮捕」については、1．売春、2．酔っ払い、3．公序良俗のびん乱があげられている。

一方ナンシーがコカインを手にすることについては、「アンクル・ウィリー」に麻薬中毒のおじさんのことが語られているので、フォークナーのコンテクストでは可能であろう。再度作品外の典拠『尼僧への鎮魂歌』のテンプルの言葉によれば、ナンシーは「ばいたでヤクに溺れた鬼畜」で、月曜には酔っ払ったまま銀行員で教会のお偉方にからんで蹴られたと、麻薬にもアルコールにも浸っていたことがわかる（一〇五〜六）。

売春については、カンザス大学のキャロザーズ教授は、フォークナーの短編では「数編しかない買春を扱った作品」のトップにあげているが、少々気の毒なことである。彼女はそれを、職業としているわけではないようだし、クエンティンの目には娼婦的なところはいっさい見えない。

第六章

「納屋は燃える」――悪漢登場

――そして、その「言い落とし」を巡って――

はじめに

「納屋は燃える」（"Barn Burning," 1939）には、一人の男の毒々しい心の凄まじさが、生々しく描きだされている。また、そんな男の妻や子の哀れさも心に残る作品で、この作家の魅力のすべてが込められたものと言われている。また、ここでも、作中の語り手が「言い落とし」をして「空白」になっている箇所、つまり作者が、読者を「宙吊り」にしたまま放置している箇所について、読者の立場という特権を利用して、「補完」の試みをしてみたい。(1) なお今日では世界的な人気作家村上春樹に、これとそっくりのタイトルをもった短編「納屋を燃やす」（一九八三）があり、それとの関連も興味深い作品である。

〔一〕作品の概要

一・本作品のセールスポイント

（一）人間のおぞましさ、忌まわしさ、邪悪さが酷薄に描きだされている。
（二）肉親の情を取るか、社会の正義を取るか、厳しい二律背反の原理に葛藤する少年の懊悩。

(三) プア・ホワイト対富裕階級の対比が見事。
(四) 暴力的な家長のもとに生きる家族の哀れな姿。
(五) フォークナーの全作品に見られる主題がトータルに表現されている。

二. 作品の執筆時期　この作家の旺盛な短編創作期（一九三〇年代）に生まれた傑作群の、最後を飾る名品であり、それら傑作の集約的作品と言ってよい。

三. 執筆を巡る諸事情　フォークナーの名声が確立しつつある時期に、彼自身が編集に強く関わった『短編集』（一九五〇）の巻頭を飾る作品ともなったもので、作家のそれなりの自負の込められたものでもある。

〔二〕作品のあらすじ

一. 登場人物

一軍　アブナー・スノープス（アブ）、カーネル・サートリス・スノープス（サーティ、アブの息子）ド・スペイン少佐、ド・スペイン少佐夫人、サーティの母親、姉たち、

一軍半　サーティの兄、治安判事

二軍　サーティのおば、ド・スペイン邸の黒人、ハリス氏、裁判所の聴衆、

二・「納谷は燃える」の展開

作品はまず、父親の裁判が進行している田舎町の雑貨屋にいる一〇歳の少年サーティを、客観的な視点から語っていく。語り手の説く少年の内面に関する解説や、イタリック体の文で示される少年自身の思考の流れ、そしてさらに登場人物どうしが会話を交わす直接話法の場面等が、自在に入り混じりながら展開していく。なお、背景になっている時代は、「三〇年前に（五）」（南北）戦争が終わった一八九五年ごろである。

そのストーリーの骨子は、度重なる納屋への放火で訴訟を起こされた父親アブが、今また土地を追われ、一家は一〇何回めかの引越しをする。父親はその日証言台に呼ばれた息子サーティが、正直な（しかし彼自身には不利な）証言をする年令になったことを察する。彼は新しい地主のド・スペイン少佐の家にも息子を同行させ、その白い豪邸と、彼が故意に踏んだ馬糞のついた靴で邸の絨毯を汚すありさまを、見せつける。

少佐に絨毯の洗濯を求められたアブは、それを却って台無しにしたため、秋のトウモロコシの収穫のなかから損害補償を求める訴訟を起される。判決は少佐の要求をかなり軽減したものではあったが、アブは少佐の納屋に放火の用意をする。それを察したサーティは、少佐の邸宅に走りそれを告げ、父親は撃たれる。少年は一人で丘の上で朝を迎え、そのまま森のなかへ入って行くシーンで物語は閉じられる。

〔三〕「納谷は燃える」の読み処（I）

一・人間の邪悪さ—アブ・スノープスという男

この作品は、サーティ・スノープス少年が、父親の束縛から自由になるまでの葛藤と成長の物語として読まれることが多い。この類いの主題をもった文学作品は少なくないが、この作品に、その問題やフォークナーらしさを見出すのも、興味深く意義は大きい。だが、「納屋は燃える」のもっと大きな驚嘆と感動は、むしろ父親の忌まわしい意地の悪さ、人間性の悪辣さにあるのではないだろうか。この人物ほど悪意に満ちた残忍な人間は、世界の文学のなかにもそうざらにはいない。だとすれば、ここで、彼の関った幾つかの事件の実際を記しておく価値はあるだろう。

（一）ブタの放置事件と納屋への放火

アブの飼っているブタがハリス氏のトウモロコシ畑に侵入した。氏は一度目には黙って返した。だが二度目にはアブに柵を造る針金を与え、三度目には捕まえておいて飼糧代として一ドル請求した。すると見知らぬ黒人が金を持参して、「あの旦那ったら、お前ぇさんの薪と干草が燃えますぜって言っとけってさ（四）」と言い残して去る。果たして納屋を焼かれたハリス氏は、訴訟を起し、息子のサーティを証人に立てようとする。状況からすればアブの有罪は明らかだが、判事は子どもに問い糺すようなことは潔しとぜず、アブを無罪にし、その代わり町からの追放を告げる。

アブは自分の所有する生き物が、他人の土地を荒らしても、また他人の親切を受けても、何の感情も抱かない男である。語り手は「血のなかに、自分の物以外の物への生れつき貪欲な浪費癖(七)」をもった男と言っている。実際に、彼は他人の物でも我が物と同然、勝手放題、と考える利己的な男である。それでいて、たった一ドルの賠償を求められると、相手の納屋に火を放つという破壊的な男。なお〈納屋〉は農業の核になるもの(家畜、穀物、道具)を収納する場所だから、これを燃やすことは、「農業世界に対する最大の侮辱的暴挙(タウナー&キャロザーズ、六)」である。彼はそのようにして、一〇回以上も他人の財産を焼尽するという非道を犯してきているのである。

アブは、その裁判で証言に立たされたサーティに「キサマはタレこむとこだった。あの野郎にタレこんでいたかも知れねえ」、「キサマは大人になり始めてやがる。…手前ぇの血を大事にしなきゃいけねえってことを習っとかなきゃあいけねえ(八)」と言って、息子の顔を平手で「冷ややかにきつく」殴るといった横暴な父親である。判事の温情の込もる判断も、妻の訴えも一顧だにしない、血の通った温かさなど微塵もない人間である。

(二) 南北戦争中の略奪、横領

アブは、四年間戦場にいたが、語り手によれば「軍服もなく、誰の権威も、どの軍の力も、どんな軍旗の威力も認めず、忠誠心ももたず、…ただ略奪品のみを目的として戦場に赴いた（二四―五）」男であった。家族さえ愛せない男だから当然とは言え、祖国や軍に対する愛や尊重の思いなど、一抹ももちあわせていない。ただひたすら物欲のために、国も人の心も踏みにじり、裏切っていく男である。戦争の愚かさを批判した『キャッチ22』（ジョセフ・ヘラー）の作中の兵士たちなど、たとえ滑稽ではあっても、ここまで悪辣ではない。

（三）ド・スペイン少佐邸での絨毯蹂躙事件

彼は、「あしたから八ヵ月の間俺の体と魂をこき使う野郎にアイサツ（九）」に行く道中で、「歩幅をわずか変えるだけで、踏まずに済んだはず（一〇）」の新しい馬糞の山をわざと踏んづけてから、ド・スペイン屋敷に入る。召使の「白人さま、お入んなさる前（め）ぇに足を拭いておくんなすって下せぇまし。それに少佐さまはちょっくらお留守をいたしておりますんで（一一）」という訴えなど完全に無視して、馬糞の汚れがなお一層強く余計に残るように、「体重を二倍かけた」歩き方で邸内を歩く。

夫人が「信じ難い驚きで金色の絨毯の上の汚れの跡を見つめ」ながら、「お帰りくださいまし」という哀願も無視する。彼には、南部の男たちが格別に強くもつ、レディに対する敬意や〈サザン・ベル〉に対する憧れなどいっさい無い。ただ無言で、「同じようにわざとらしい動き方で身体の向きを変え…玄関の階段の端で、初めて靴を拭うのだった（一二）」。人間が、何の恨みもない人に対しても、ここまで意地悪になれるものかと感嘆しないではいられない。

もっとも、絨毯を洗っている娘たちが言うとおり、「フランスからわざわざ買うくれぇ大ぇしたもんなら、あたいだったら土足で踏み込むみてぇなとこに置いとくなんてまっぴらだわ（一三）」と思うのは、アブの家族の側にとっては、まったく正しい論理である。また語り手は、アブの烈しい言動について次のように述べている。

彼の狼のような独立心と勇気とさえ言えるものには、利害関係の無い第三者には強烈な印象を与える何かがあった。人々はこの男の内に潜む獰猛な激烈さを見ていると、頼りがいといったものよりも、自分の行為の正当性に対する激烈な信念から、利害を共有する者に対してまで利益をもたらしてくれるんじゃないかと、感じさせるものがあったようだ。（七）

しかし、わざわざ故意に糞を踏んで、その足で屋敷の絨毯を踏んづけるなどという、不潔で汚い行為を敢えて行うなどというのは、決して「独立心と勇気」を具えた人物の所業ではない。ただ悪意や敵意や憎悪の塊のような人物の仕業である。

（四）絨毯破損裁判の判決に対して

絨毯を洗濯し結局それを破損したことに対してド・スペインは、絨毯は一〇〇ドルの品物なので、秋に収穫するトウモロコシから一〇ドル分（二〇ブッシェル）の損害賠償を請求する。だが、判決は一〇ブッシェル（五ドル分）に減額される。普通の人間なら、その程度の賠償で済むのなら、〈御の字〉である。判事の言うとおり、「ド・スペイン少佐が金を支払いなすったお品の消耗費として九五ドル分の我慢をなさるんなら、お前さんもまだ手にしとらん金のうちから五ドル分の稼ぎの不足に我慢もできようぞ（一八）」という論はまったく妥当で、文学史に残る〈名裁き〉とさえ言ってよい。

アブは判決のあと、街で息子らと平安を装ったのんびりした時間を過ごし、ひとたび夜になると、「凍れる獰猛さで（二一）」大佐の納屋への放火の用意に取りかかる。まるで、『忠臣蔵』の討ち入り前の大石内蔵助のようなありさまである。そしてサーティを家に閉じ込めて、出かけていく。アブの内面では、判決の常識的な正当性を受け入れることができない。そればかりか、その恨みを晴らすのに、賠償金の何倍もの資産を焼き尽くすことで報いようとする。

（五）アブの習性—総括

このように、アブは習慣的に、まず自分から相手の恨みを買うような意地の悪い所業をなす。次に相手の訴訟をそそる。続く裁判では、妥当で時には温情のある判決が下る。そして、彼はそれを拒否する。最後に彼は、相手の納屋を燃やして最初に与えた損害以上の被害を相手に与える（また放火に関わる裁判によって、その土地を離れさせられる）。彼はこれで「引越しを一二回以上も（六）」繰り返すという懲りない人間である。何重にも計算された悪事の実行者、と言うよりも、サディスティックでかつマゾヒスティックな本能の塊りと言いたいほどである。

こうしてアブは、諸家の論に示されているように、（一）足に傷があるところはアキレスであり、（二）火にこだわるところはプロメテウスであり、（三）悪意の塊という点ではシェイクスピアのイアーゴウである。（四）黒い服を着て長い爪を生やしているあたりは悪魔のイメージであり、（五）壮大な野心をもつという点ではメルヴィルのエイハブや、フィツジェラルドのギャツビーに並ぶ。換言すれば、これら文芸史上の巨大な人間像、悪人像のすべてを総合したような、比類なきブラック・イメージをもった人間像である（たまたま彼は生きる世界が卑小であり過ぎたのだが）。

アブは、フォークナーのほかの作品との関連で言えば、ポパイ（『サンクチュアリ』、一九三一）やクリスマス（『八月の光』、一九三二）のような横暴なイメージをもち、サトペン（『アブサロム、アブサロム!』、一九三六）のように獰猛な自己中心主義者である。この作品では、アブのもう一人の息子でサーティの兄の名前は明らかにされてはいないが、他の諸作品との関連を考慮すれば、その少年の名はフレムに相当する。そして確かにアブは、ほかの作品に登場するフレム・スノープスの父親として十分に相応しい狡猾さ、利己主義、我利我利亡者ぶりをもっている。しかし、憎悪心の激しさという点では、フレム以上である。短編小説という限られた枠のなかで、これだけ残酷な人物像が造られたという意味でも、「納屋は燃える」は傑出した作品である。

二・アブ・スノープスを生んだ時代背景

アブは、（目には目を）、（他人はみな敵）という思考をする男である。この作品が書かれた一九三〇年代という時期は、大恐慌や、スタインベックの『怒りの葡萄』（一九三九）にも描かれている年来の大砂嵐で、アブのような小作農の暮らしは極めて苦しいものだった。(2)〈裕福な白人の俗物性に対する貧困層の白人が抱く怒り〉は一九二〇年代以降に顕著になり、フォークナーの『死の床に横たわりて』（一九三〇）の人物たちにも投影していると言われているが（ワドリントン、九二―七）、その特色は、このアブには一層鮮明に見られる。

また一九三〇年代初めには、南部を中心にアメリカを震撼させた政治家ヒューイ・ロングが唱えた「富の独占が諸悪の根源という陰謀理論すれすれの階級対立意識（三宅昭良、一一一）」が、広く流布していた。これが、アブのようなプア・ホワイトの、金持ちに対する烈しい憎悪心に影を落としていたということもあるだろう。

もっともこの作品の時代背景は、一九世紀末期である。すなわち、工業化、都市化の時代、資本主義が花開こうとしていた時代のことである。輝かしい未来という光と、それに付随する暗い影の時代が来ようとしていた。南部のフォークナーの世界にも、時流に乗ってのし上がるフレムのような人物には、絶好のチャンスが来ようとしていた。反面では、クエンティンのようなインテリや旧い名門の一族にとっては、かけがえの無い〈時間の蓄積〉が破壊され、他方で貧しい者は一層の窮乏へ陥るという、不幸な時代が忍び寄って来ていた。フォークナーの諸作品は、今日のアメリカの歴然とした格差社会の、最初の兆しが現れてきた時代の断面を切り取ったものと言ってもよいだろう。

その間にあって、アブはこの烈しい時代の流れの恩寵を受けることのできなかったもう一人の男である。働く土地を求め一家を引き連れて荷馬車で放浪を続けている貧乏人。たまに町に出たときには「収穫や家畜のことや、…博労をしていたころのことを語り合っている（一九）」こともあるが、時代の流れからは完全に取り残された暮らしぶりである。そんな彼が、裕福な者たちに対する僻みや怒りを抱くのも極めて自然なことだったであろう。憎悪と悪の権化、アブ・スノープスの誕生は、（一九三〇年代を遥かな背景として）アメリカの資本主義化の時代という事態が影に陽に作用している。納屋への放火は、富裕階級に対するアブのような貧民の抗議形式として、「南北戦争後に顕著になったものだった（モアランド、十七）」ということも、納得のいくことである。

〔三〕「納谷は燃える」の読み処（Ⅱ）

一．少年は成長したか―サーティ・スノープス

（一）苦悩する少年

アブがどんなにワルであっても、サーティにとっては父親であり、その「血の牽引」に抗えない。親の犯した放火に対する証言を求められると、「「父つぁんはおいらにウソをつかせようとし

てる」と思い、「悲しみと絶望感を抱きながら、おいらぁそうしなくっちゃなんねえ（四）」と思いながら、沈黙の何秒間かを過ごす。彼のその刻々の思いを、語り手は次のように説明する。

満員の小さな部屋には人々の静かで聞き耳をたてているような呼吸音以外には何も聞こえず、彼は崖っぷちの上で葡萄の蔓の端につかまって舞い上がり、その天空の辺りで無重力状態の時間のなかで引力に抗って留まっていた。（五）

逃げ場も何も無い、息詰まるような苦しさを的確に語った名表現である。父親はその夜、息子が大人になり独自の判断で動くべきかどうかのあわいに揺れている気配を察して言う。「キサマは大人になりかけてやがる。だから知っとかなけりゃあいけねえこたぁこいうことだ。つまり、世間にゃあ味方はキサマの身内だけしかいねえ。だから、そいつを大事にしなくっちゃいけねえってことだ（八）」と。ただ、この父親は、子どもにもう一つの大事なこと、つまり「社会」と「正義や公正」を教えることのできない、父性失格の人物なのである。

その日の朝までのサーティは、簡易裁判の行われている店で、第一にチーズと缶詰の「ラベルを彼の腹が読み、…内臓が確かに嗅いだと思った密閉された肉の匂い」を感じ、第二に「大きな絶望と悲しみ、昔ながらの烈しい血の牽引ゆえのいささかの恐怖」の匂いを感じながら、訴訟人のハリス氏を「お父つぁんの敵、おれらの敵（三）」と見ていた。五感の感覚も未発達の（あるいはその混乱を処理できない）少年であり、血縁に支配され世間を知らぬ子どもであった。だがこのときから、サーティには、血の牽引と人道や正義の牽引との相克に引き裂かれる苦悩が始まる。

（二）苦悩からの解放？

ド・スペイン少佐の豪邸を見る経験は、サーティにまた新たな感動を与えた。正義・公正の象徴の「裁判所のような屋敷」を見る少年に去来する思いを、語り手は直接話法（イタリック体）に切り替えて、次のように伝える。

このお屋敷の衆なら大ぇ丈夫だ。こんな静かででっけえうちのなかにいる人なら父つぁんの手にゃあ届かねえ。父つぁんじゃあハチがブンブン言ってるみてえなもんさ。…静かででっけえもんの魔法のおかげで、ここんちの納屋も厩も小屋も父つぁんが点ける小ちぇえ火なんぞに負けっこねえやな（一〇）

彼はさらに、「そうよ、父つぁんだってそう感じるさ。この家は、父つぁんてえ人を、どうしようもねえくれえ昔からそういう人にしてたのを、今度ちょっくら変えておくれかも知れねえ（一一）」という、甘美な期待すら抱く。なお、サーティが白い屋敷を見てこのような期待を抱くにいたった背後には、南部のプランテーションが「倫理的、経済的な祝福の源泉である」という、アメリカ南部の〈神話〉に依拠しているところもある。もっとも、この富の象徴は、黒人とプア・ホワイトの汗の結晶であるというもう一つの神話をも抱含していたのだが（モアランド、一三）。

しかし、アブ・スノープスは、息子が期待しているような甘い男ではない。ここから前述のとおり、馬糞を踏んで、屋敷の高級絨毯を存分に汚し、洗濯の要求もいい加減にあしらい、温情判決を無視して、その夜「馬車に差すオイルをもって来い（二一）」とサーティに命じる。少年は、そのまま「うしろなんか見ねえで駆けて行っちまって、父つぁんの顔なんか見ねえですむことだってできねえこたぁねえ。だけど、できねえ、できねえ（二一）」と、この時点にいたるまで、「昔ながらの癖、昔ながらの血、彼が自分から選ぶことは許されなかったもの（二一）」に駆られている。

（三）血（父）か、正義（放火の通報）か

ただ、この放火を前にして、彼も父親もそれ以前の父子の様子とは大分異なっている。その点について、まずサーティが言う。「黒人を使いにやりなさらねえので？だって今までだったら、前もって使いを出しなすったのにさ（二一）」。しかも、このようなことを口にしても、「今回は彼の親父は殴らなかった（二一）」。そしてアブは、サーティを母親の腕のなかに委ねて、上の息子と二人だけで出かけて行く。語り手も、作者も、この父親の異変については何も説明していない。この作家がよくする（作品の魅力を高める）「言い落とし」の一つである（これについては、のちの「（五）もう一つの読みの楽しみ―「納屋は燃える」の〈空白部〉」の項で検討したい）。

サーティが母親の腕をすり抜けるのは簡単なことで（アブが、なぜこんな容易で見え見えの拘束をしたかということについても後述する）、彼はド・スペイン邸に突っ走り、「納屋がぁ！」と言い置くと、次の瞬間には、「車寄せを走り、血流も息も吼えるなかを道に出て（二三―四）」走る。間もなく少佐の馬が頭上を駆けぬけ、銃声が三発聞こえてくる。ここでサーティは初めて走るのを止め「父つぁん！父つぁん！（二四）」と言い、再度走りながら「父さん！父さん！」と喘ぎながらすすり泣く。

こんな彼の姿には、一方で正義につき、同時に他方で血の牽引の方向に向かうダイナミズムが最後まで葛藤していることを見てとることができる。だが、一方の父たちが死んだ様子は明らかである（語り手は例によって何の結末も言わないが）。(3) その認識は、彼を変えるはずである。最後に父親の撃たれた方向に向かって、それまでの子どもの呼び方「とっつぁん（Pap）」ではなく、大人の呼びかけ方の「父さん（Father）」となっているところにも、彼の変化のありさまが明確に示されている。

（四）留保される大人への成長

その後の彼は、「真夜中、丘の上に座り…四日の間家と呼んだものを背にして，顔はこれから入っていく森に向けて、…もはや恐れや恐怖ではなく悲しみと絶望でしかない悲哀と落胆に包まれて」いる。彼は、今までの彼とはまったく変ろうとしている。しかも内心では彼は「父さんは勇敢だった。…勇敢だった。戦争に行って来た。サートリス大佐の連隊の兵隊だった（二四）」

という誇りを支えにして大人になろうとしている。だが、語り手は、父親が勇敢な兵士どころか、実際は南北両軍から略奪品を稼いでいた、小ずるい男に過ぎなかったことを銘記している。しかも何の説明もなく（二四―五）。いったいこれは、語り手の意地悪な所作なのだろうか。たしかにこのこと、すなわちサーティが父の実の姿を見抜けないことは、彼がまだ未熟で甘い少年であることを示す。それによって、作品に一層のリアリティーが与えられる。だが、実態を知らないことは、少年にとっては却って幸福なことでもある。少年の健全な成長のためには、父親は狡猾な人物であったという事実を知るよりも、英雄だったというフィクションを信じ続けるほうが、はるかに有効である。そして語り手は、そんな少年の頭上で、「天空がゆっくりと回転し」、「間もなく太陽の昇るころ」、彼が立ちあがる場面を美しく語って、作品を閉じる。

彼は丘をくだって小暗い森に入っていった。その中では鳥たちの水銀の啼き声が呼び交し止むことがなかった―行く春の夜のときめき、焦がれる心の速く熱い鼓動のようだった。少年はうしろを振り返らなかった。（二五）

この語り手は、物語を生きること、あるいはロマンを生きることが、人間の大成の基本であるところを、見事にまた温かく、そしていささかの皮肉を込めて、語っているのであろう。

（五）サーティ、退場

サーティ・スノープスという人物について興味深いことは、この作品のあとすっかり姿を消してしまう点である。『村』（一九四〇）の第一章で、語り手のラトリフが〈納屋が燃やされる物語〉を語り、彼のことに一言触れるだけである。すなわち、フレムの名前を出して、「奴には弟が一人いて、わたしゃ一度どっかで会ったこともありまさぁね。だが奴っこさんは一家の連中とは一緒じゃござんせんでしたよ。とにかく最近見たときにゃあ一緒じゃござんせんでした。ことによっちゃあ連中がねぐらを抜け出して行くとき、そのことを奴っこさんにゃあ言いそこねたんでござんすかね（一三）」と。実際、彼はその後のスノープス三部作（『村』のほか、『町』〔一九五七〕、『館』〔一九五九〕）あるいは他の諸作品に戻ってこない。

これは、フォークナーの主要な作中人物のなかで、特にスノープス一族の者としては、例外的なことである。このことは、彼のように、あわよくば社会的正義の方向に向かって走り出そうとするような人物は、フレム・スノープスを中心に展開する、非情で無慈悲な人物群像の物語にそぐわなかったからなのだろうか。作家の創造力を十分には刺激し得なかったからだったのだろうか。このように肯定され、許容されている人物であっては、作家のこだわりを引き止めておくキャラクターではあり得なかったのだろうか。

二、そのほかの人物について

(一) 背景的人物

語り手は父親と息子の関係に焦点を当てており、そのほかの人物群への関心は薄い。一家の者でも、兄については名前すら述べられていない。母もアブの横暴の前でおろおろしているばかりで、本来の母として一家の太陽であり得ていない。結婚の喜びの記念に持参した時計も「死んで忘れられた日の時刻の二時一四分を指したまま止まっている（六）」。少年の叔母も姉たちも存在感が薄い。だが、そこはフォークナー、姉たちが「煮えたぎる洗濯用の鍋の傍らで、深い倦怠感に浸りながら嫌々絨毯にかがみこんでいる（一三）」姿は、『マクベス』の冒頭のシーンにも並ぶ（ヴォルピー、一三五）、味わいをかもし出している。

治安判事たちもその場にいる人々も、その場面の背景的な人物としてそれぞれ有効に仕立てられている。ド・スペイン夫妻も、スノープス親子の引き立て役として適役だろう。この邸の召使の黒人も、『アブサロム』のサトペン屋敷の玄関に立っていた黒人の「修正再生版」という点でも（モアランド、八）、意味が大きい。(4)

(二) 語り手

語り手はストーリーの進行を三人称的な立場から語ったり、人物の言動を直接話法的に導入したりして、通常の舞台廻しの役割は十分に果たしている。また、様ざまの人物の内面の動きや事象についての説明も適宜行っている。ただこの作品の語り手の特異な点は、サーティ少年の思いを説明するとき、彼の「現在」の思いばかりでなく「未来」の思考まで説明していることである。たとえば、一家が野宿の夜に燃やす火が「小さくて、こじんまりしたほとんどけちくさい」ことに関して、こんなふうに語る。

〔サーティ〕がもっと大きかったら、なぜ大きな火にしないのかと思い…、一歩進んでそれはあの戦争中に森のなかで兵士たちから隠れて送った四年間の夜々に生きた結果と思っただろう。…そしてさらに年長になっていたら、別の理由に思いいたったであろう。すなわち火の元素は父親の完全性を維持するための一つの武器として、己の存在の源泉に触れてくるものがあったのだと。（七―八）

この強腕とも言える語りの技法により、サーティの成長の過程と、それに伴う思考力の変化と進歩のありさまが説明される。また少年の「現在」の限られた思考と、事実とのギャップが、期せずして滑稽味を添えることになる。そして前述のとおり、少年の健全な成長ぶりを温かく見ていこうとする語り手の観点を示すものでもある。

〔四〕「納屋は燃える」の読み処（Ⅲ）

一・様ざまな主題

『ウイリアム・フォークナーの短編小説読者への案内書』の著者ジョーンズは、「納屋は燃える」の主題に関する諸家の論を紹介したのち、本作品が「フォークナーの全作品に盛り込まれている問題をトータルに含んでいるため、もっとも人気のある作品の一つになっている」と述べている（一七）。そこにあげられた主題の主なものは、以下のとおりである。すなわち、父と子の主題、イニシエーションの主題、孤立する個人、家・家族への忠誠、階級の対立や憎悪、共同体の堕落、ほかの作品にも用いられた話題の再使用、屋敷・建物の意味、子どもの視点、壊れた時計、傷ついた足、アブの死亡の如何に関する曖昧さ等。

なおまた、右の主題の多くのものと重なるもう一つの主題―相反する二つの真実への節操、という問題も大きな比重を占めている。つまり先にサーティに関連して触れた、個人的愛情 vs. 社会的公正の葛藤や、サーティーの選択の問題などである。ここでは、それら主題の問題から転じて、〈読みの楽しみ〉と言う観点から、テキストの外の問題についていささか拘ってみることにしよう。

二．村上春樹版「納屋を焼く」との比較

村上春樹のこの短編小説（一九八三）のなかには、フォークナーの本を読んでいる人物がいる。そのことからしても、作者がこの作品にタイトルを付けたとき、フォークナーのこの短編のことが念頭にあったことはたしかだろう。村上春樹は、自分の作品のタイトルにいったいどのような意味を仕掛けたのだろうか（それとも、このような問いの立て方には余り意味がないのだろうか。（ちなみに、佐野真一の『響きと怒り』（二〇〇五）は、フォークナーの同名の作品を十分に踏まえたドキュメント作品である）。

村上春樹版のストーリーを簡単にまとめれば、語り手の「僕」は、パントマイムを学んでいる女性と知り合う。彼女の恋人は納屋を焼くのが趣味の青年で、僕と会った日も「その下調べに来た」という。以後僕は近所の納屋をコースに入れてジョギングをするが、何事も起こらない。その後彼に会ったので納屋のことを聞くと、彼は「焼いた」と言う。一方彼女に電話をするが連絡がとれないままだ。フォークナーの作品とは、ストーリーの内容がまったく違うし、この作品のなかの人物の言動の意味もよくわからない。

両作家の作品が大きく違うのは、まず（一）村上作品では納屋は実際に焼かれていないが、フォークナー作品では既に一〇軒以上も焼かれ、作中の語りのなかでも実際に焼かれている。また納屋を焼くことが（二）一方は趣味で、他方は抗議、復讐の手段であること、さらに人物間の葛藤が（三）村上作品にはほとんど無いことに対して、フォークナー作品には苛烈なものがある。

両作品には、〈納屋を焼く〉という言葉以外には、共通するものがほとんどない。村上作品にはそもそも納屋を焼く行為もなければ、ドラマらしいドラマもない。

この村上作品に関する評論のなかには、まず納屋を焼く趣味をもった男とは、仕事もフィクション的な設定だし恋人も共有することから、僕の「分身」であると分析しているものがある。その僕が、納屋を焼くという行為をパントマイムしている。つまり僕が、〈悪〉をフィクションの世界だけで行っている物語である、と読んでいる（酒井英行）。

加藤典洋は『テクストから遠く離れて』のなかで、納屋を焼くとは、男が女をレイプして殺している話と読むことが可能であると述べながら、むしろこの作品にある「〈無いこと〉がここにあるという感触（一六四）」の怖さについて論じている。この〈無いことがある〉ことの恐ろしさについては、たとえば次のような例における雲泥の差を思い浮かべてみればよい。恋人や配偶者が始めから〈無い〉ということと、恋人や配偶者がかつてはあったが今は無い、すなわち〈無いことがある〉という大きな空虚、との違いの大きさを考えてみればよい。

この加藤論を踏まえて、今村楯夫は、当の村上の作品の前後の作品、『羊をめぐる冒険』（一九八二）と『ダンス・ダンス・ダンス』（一九八八）のなかの女性疾走事件のコンテクストから、〈納屋を焼く〉ことが、女性を殺すことのメタファーであり、犯罪を犯す青年を語り手「僕」の分身と読んでいる。そして、フォークナーの少年の父親殺しに対して、村上春樹の反社会的な行為によって自己の存在を知る無力な男たちの系譜を示すものと読んでいる。これは、インターテクスチュアリティーによって読みを深め、説得力をもった分析と言ってよいだろう。

ただ、この解釈と酒井論と加藤論を並べたとき、〈納屋を焼く〉という表現の謎を、もう一つの行為のメタファーとして解釈しきってしまう読みよりも、〈無いということ、すなわち納屋を焼かないということ、がある〉ということの怖さが描かれているという読みのほうが奥行きのある読み方として、取っておきたい。そしてそのほうが、曖昧を曖昧に放置し、読者を宙吊りにする村上春樹らしい作風なのではないだろうか。

一方フォークナーでは、納屋を焼く、すなわち人々のもっとも大事な物を焼尽することそのものの怖さと、それに付随してその行為をする人物や周囲の人々の憎悪や苦悩が、毒々しい色合いで描かれている。悪を行う人物の息子が、肉親の父と社会正義に股裂きに会っているありさまも描かれる。この作品には、このように様ざまの恐ろしさが実際にある。そこで、両方の作品の関連を強引にまとめれば、一方（村上作品）では悪のネガの面が、他方（フォークナー作品）はそのポジの部分が、それぞれ存分に描かれていると考えることができるのである。(5)

〔五〕もう一つの読みの楽しみ―「納屋は燃える」の〈空白部〉

一・銃砲の音のあと、アブはどうなったか

フォークナーの他の多くの作品同様に、この作品にも、わからないことや「言い落とし」と思われる箇所が散見される。それらのうち、もっとも多くの議論を呼んでいるものは、アブ・スノップスと長男のその後はどうなったかということだろう（キャロザーズ、二一九―二〇）。ただこの点については、「あの夕日」のナンシーのその後の場合とは大いに異なる。状況からしても、ド・スペインが銃を三発も放って撃ち外すはずがない。ここは、結末は明らかだがそれは敢えて書かなかっただけの、たとえば『八月の光』のクリスマスが義父を殴りつけ（て殺害し）た場面のような、フォークナーのよくする手法の一つと考えてよい。

二・放火の夜―サーティが母親の腕の拘束に委ねられたのはなぜか

次に、アブが放火をするために出かける前に、サーティを母親の腕のなかに委ねたのはなぜかということも話題の一つである。少年を拘束しておくためなら、ベッドにでも縛りつけておくほうがよかったはずである。これについては、父親アブは息子に対して、ほかの場面で（一）社会経済学の訓え（豪邸は働く者の汗）、（二）勇気の訓え（ド・スペイン事件）を示したと同様

に、もう一度教育的でありたかったという、ずいぶんアブ贔屓の解釈をする人もある。この場面の教育とは、(三) 心理的拘束という訓えである(ゼンダー、三二九—三七)。

だが、この場面のアブは、息子が大人になっていることを承知していた。彼が、このときに限って黒人の伝令も使わせないことを訊いても、「今回は、父は息子を殴らなかった(二一)」くらいだから。だからこのときのアブは、彼を強引に拘束する代わりに、息子が独自に選択するように、放置したのだろう。すなわち、父親はゼンダーの説く「心理的拘束」を超えて、「選択をさせた」のである。だとすれば、サーティが直面した選択とは、月並みの成人儀式としての選択ではない。今までと異なり初めて父親から解放され、自分個人に委ねられたた初めての選択である。それゆえたった一人きりの孤独で辛い選択だったのである。そのあとで、彼が大人になるというのも、きわめて自然なことだろう。

三. もう一箇所の大きな「言い落とし」

作品の始めの方で、語り手が故意に「言い落とした」場面に次のようなところがある。裁判が終わったあと治安判事が、アブに忠告して「この土地を離れなすって二度と戻って来なさるな」と言うと、アブは冷ややかで粗っぽく抑揚も強弱もない声で次のように言う。

「あっしゃぁ、はなからその気でさぁ。こんな臭ぇ土地なんぞにゃいたくもねぇでさ。面(つら)なんか見たくもねぇ、らっちもねぇ連中(が)…」彼は特に誰に向かって言ったというわ

けではないが、活字にはできないような忌まわしいことを言った。（傍線引用者、五）

右のアブの言葉の最後の点線の箇所で「活字には出来ないような忌まわしいことを言った」はずだが、それはいったいどのような言葉なのだろうか。語り手は、それを確かに耳に入れたはずだが、いっさい語ろうとしない。そこで、敢えて（一種の遊びとして）語り手に挑戦して、その箇所を補ってみよう。たとえば、次のような「補完」を。

（イ）いちんちじゅう畑で這いつくばってるしか能のねえ奴らで、後たぁメシ食ってクソして寝るだけのどん百姓の奴らとなんか（一緒にいられるもんか）。

（ロ）あっしら真面目に働く衆から骨の髄まで搾り取りやがって、血も涙もねえ、神も仏も知らねえバチ当りのクソ野郎、ウジ虫野郎に腸チビス野郎の村なんぞに（いたくでもねえ）。

（ハ）（手前ぇらみてえに）食って、呑んで、女房を抱くことのほかにゃあ楽しみってえもんも知らねぇバカな田舎者だらけの（こんなとこにいられっこねえ）。

（ニ）ひとの切なさも分からねえで、手前ぇだけイイ思いをしてやがる奴らなんかのツラなぞ、（二度と見たくもねえ）。

（ホ）〔そのほかにもいろいろあるだろう。ここは、本書の読者の方々にお考え願いたい〕

アブの性格からすれば、おそらく（イ）か（ハ）あたりが、もっとも近いように思われるところだが、いかがだろうか。

おわりに

「納屋は燃える」もほかのフォークナー作品同様に、人間の生きる生々しい姿を見せてくれるものであった。ここでは、アブ・スノープスの悪辣さが圧倒的なパワーで迫ってくる。そんな親であっても、最後まで離れることのできない、息子のサーティの心情も哀れが深い。またそんな家長に率いられて一〇何回も引っ越して放浪する一家も哀れである。この作品にはプア・ホワイトの考え方や生活の一部始終が、繰り返し何重にも密度濃く語られている。その間に、フォークナーの作品共通の「言い落とし」や謎も織り込んで、ますます興味深く、面白い作品になっているのである。

〔注〕

1 この問題は本書の序章以降、全体に及ぶ課題だった。

2 スタインベックの *The Grapes of Wrath* の第二章の大砂嵐の様子は（重苦しい響きをもつ「d」の音の連続に注意したい）、その凄じさが見事に描かれ、銘記したい一節である。

In the morning the dust hung like a fog, and the sun was as red as ripe new blood. All day the dust sifted down from the sky, and the next day it sifted down. An even blanket covered the earth. It settled on the corn, piled up on the tops of the fence posts, piled up on the wires, ...

3 キャロザースは、このように「死の瞬間」や「結果」が曖昧に表現されることが、短編作品にも頻繁にみられると述べ、「あの夕日」のナンシーのその後の生死が不明なことや、「脚」で実際に何が起ったのか曖昧であることなどをはじめ、八例をあげている（二一九）。

4 モアランドは、貴族の館の玄関でそこに入るのを拒否されるサトペン少年の「プライマリィ・シーン（原体験）」が「納屋は燃える」や『村』に、単なる繰り返しではなく、「変更を加えて再現される」点に注目している。なお、『村』では、このシーンを、語り手のラトリフがユーモラスに再現する。

5 作品のタイトルの日本語訳は、アブの主体としての立場を強調した「納屋を焼く」（志村正雄・これは村上作品と同じタイトルになる）と、むしろサーティの観点から状況を見る「納屋は燃える」（大橋健三郎、小山敏夫、田中久男）の二通りがあって、おもしろくまた興味深いと同時に、テキストを読む難しさをしみじみ思わせてくれるところである。

『フォークナー、もう一つの楽しみ』参考図書　一覧

■まえがき

清水義範『世界文学必勝法』筑摩書房、二〇〇八．

陣野俊史「過酷な状況で番学が与える再生の力」（『ミスター・ピップ』書評）、『週刊朝日』二〇〇九．一〇．一八）．

■序章「フォークナーと現代の文学」

Bunselmeyaer,〔J.E. "Faulkner's Notorious Styles," In *American literature*, 53, No. 3, 1981.

Carver, Robert. "Cathedral" In *Cathedral*, Vintage, 1984.

——"Why Don't You Dance?" In *What We Talk About When We Talk About Love*. Vintage, 1982.

Chandler, Raymomnd & Parker, Robert B. *Poodle Springs* G. P. Puttnam's Sons, 1989.

Christie, Agatha. *The Murder of Roger Ackroyd*. 1926; Fontana/Collins, 1984.

Ford, Richard. "Rocksprings" In *The Vintage Book of Contemporary American Short Stories*.

Gaitskill, Mary."A Romantic Weekend" In *The Vintage Book of Contemporary American Short Stories*.

Hemingway, Earnest. "My Old Man" *The Collected Stories of Earmest Heminguway*, Scribner's, 1968.

Saint-Exupery, Antoine de. *The Little Prince*. Translated by Cuffe T.V. F. 1943; Penguin 1995.

Wolff, Tobaias(ed.). *The Vintage Book of Contemporary American Short Stories*.

バーンズ、ジュリアン『フロベールの鸚鵡』斉藤昌三訳、白水社、一九九三．

バイヤール、ピエール『アクロイドを殺したのはだれか』大浦康介訳、筑摩書房、二〇〇一．

カミュ、アルベール『異邦人』窪田啓作訳、新潮文庫、一九九五（野崎歓は、この作品を『よそもの』と訳している）．

『カミュ「よそもの」きみの友だち』、みすず書房、二〇〇六）．

サザーランド、ジョン『現代小説38の謎』川口喬一訳、理想社、一九九九．

芥川龍之介「藪の中」．

井沢元彦『GEN―『源氏物語』秘録』角川文庫、一九九八.
上野正彦『「藪の中」の死体』新潮社、二〇〇五.
歌野晶午『桜葉の季節に君を思うということ』文芸春秋社、二〇〇三.
内田樹『映画の構造分析―ハリウッド映画で学ぶ現代思想』晶文社、二〇〇一.『死と身体』医学書院、二〇〇四.
奥泉光『「吾輩は猫である」殺人事件』新潮社、一九九六.
大塚ひかり『もっと知りたい源氏物語』日本実業出版社、二〇〇四.
小川洋子『博士の愛した数式』新潮社、二〇〇三、『ブラフマンの埋葬』講談社、二〇〇四.
恩田陸『ユージニア』角川書店、二〇〇五、『黄昏の百合の骨』講談社、二〇〇四、『夏の名残の薔薇』文芸春秋社、二〇〇四、『夜のピクニック』新潮社、二〇〇四.
加藤典洋『テクストから遠く離れて』講談社、二〇〇四.
金原ひとみ『蛇にピアス』集英社、二〇〇四.
川上弘美『センセイの鞄』平凡社、二〇〇一、『古物商　中野商店』文芸春秋社、二〇〇五.
桐野夏生『柔らかな頬』講談社、一九九〇、『グロテスク』講談社、二〇〇二、『残虐記』新潮社、二〇〇四.
岸本佐知子「(対談)ベストセラーを読む」、『週間朝日』、二〇〇四年、8.13/20.
小嶋菜温子『かぐや姫幻想―皇権と禁忌』森話社、二〇〇二.
小林信彦「うらなり」『文学界』文芸春秋社、二〇〇六、一月(その後、同年に同社から単行本として刊行された).
清水良典『村上春樹はくせになる』朝日新書、二〇〇六.
鈴村和成『村上春樹とネコの話』彩流社、二〇〇四.
瀬戸内寂聴『藤壷』講談社、二〇〇四.
林望『落第のススメ』文春文庫、二〇〇〇.
西村亨『知られざる現時物語』大修館書店、一九九六.
丸谷才一『二枚の絵』毎日新聞社、二〇〇〇.『輝く日の宮』、新潮社、二〇〇三.『後鳥羽院　第二版』筑摩書房、二〇〇四.
水村美苗『続明暗』新潮文庫、一九九三.
森谷明子『千年の黙』東京創元社、二〇〇三.

村上春樹『海辺のカフカ』新潮社、二〇〇二、『蛍、納屋を焼く、その他の短編』新潮文庫、一九八七.
若島正「クリスティと麻雀の夕べ」、『乱視読者の新冒険』研究社、二〇〇三、「明るい館の秘密―クリスティ『そして誰もいなくなった』を読む」、小林収（編）『ミステリよりおもしろいミステリ論18』宝島社、二〇〇〇.

■第二章「乾燥の九月」

Blotner, Joseph. *Faulkner: A Biography*(One-Volume Edition). Random House, 1984.
Brooks, Cleanth. *William Faulkner: First Encounters.* Yale Univ. Press, 1983.
Carothers, James. *William Faulkner's Short Stories.* UMI research Press, 1985.
Cash, W. J. *The Mind of the South.* 1941; Vintage, 1991.
Faulkner, *William Faulkner in the University : Class Conferences at the University of Virginia.* 1957-8. Univ. Press of Virginia, 1959.
—— *Collectged Stories of William Faulkner.* 1950; Vintage Books, 1995.
Grisham, John. *A Time to Kill,* Dell Publishing,1989.
Guinn, Matthew. *After Southern Modernism: Fiction of the Contemporary South.* Univ. Press of Mississippi, 2000.
King, Richard H. "Framework of a Renaissance" D. Fowler & A.J.Abadie(ed) . *Faulkner and the Southern Renaissance.* Univ. Press of Mississippi, 1982.
Polk, Noel. "William Faulkner's 'Carcassonne'," *Studies in American Fiction* Vol. 12, 1; Spring, 1984.
—— *Outside the Southern Myth.* Univ. Press of Mississippi, 1997.
Parini, Jay. *One Matchless Time: A Life of William Faulkner.* Harper Collins, 2004.
Skei, Hans, H. *William Faulkner: Novelist as Short Story Writer.* Universitetsforlaget, 1985.
—— *Reading Faulkner's Best Short Stories.* Univ. of South Carolina Press, 1999.
Steinbeck, John. "The Vigilante" in *The Long Valley.* 1938; Vikig, 1956.
Sullivan, M. Nell "Persons in Pieces: Race and Aphanisis in Light in August," *Mississippi Quarterly,* XLIX, No. 3, Summer, 1996.
Towner, Theresa M. & Carothers, James B. *Reading Faulkner: Collected Stories.* Univ. Press of Mississippi, 2006.
Volpe, Edmond. L. *A Reader's Guide to William Faulkner: The Short Stories.* Syracuse Univ Press, 2004.
Weinstein, Philip M. *Faulkner's Subject.* Cambridge Univ. Press, 1992.

フィッツジェラルド、スコット　村上春樹訳「氷の宮殿」、『マイ・ロスト・シティー』所収、中公文庫、一九八四.
フォークナー、ウィリアム　林信行訳「乾燥の九月」、『フォークナー全集9』冨山房、一九七五.
龍口直太郎訳「乾燥の九月」『フォークナー短編集』、新潮文庫、一九九九.
井上光晴「フォークナーの技巧」、『文学』Vol..32. 岩波書店、一九六四、五月.
丸谷才一「手紙と女」、高階秀爾、平山郁夫、丸谷才一、和田誠（編）『2枚の絵』毎日新聞社、二〇〇〇.

■第三章「エミリーへの薔薇」

Brooks, Cleanth. *William Faulkner: First Encounters.* Yale Univ. Press, 1983.
Parini, Jay. *One Matchless Time: A Life of William Faulkner.* Harper Collins, 2004.
Skei, Hans H. *William Faulkner: The Novelist as Short Story Writer.* Universitetsforlaget, 1985.
阿部昭『短編小説礼賛』岩波新書、一九八六.
亀山郁夫『「悪霊」―神になりたかった男』みすず書房、二〇〇五.
沓掛良彦&亀井俊介『名詩名訳ものがたり』岩波書店、二〇〇五.
丸谷才一「手紙と女」（高階秀爾、丸谷才一、平山郁夫、和田誠編『2枚の絵』、毎日新聞社、
　二〇〇〇、『輝く日の宮』講談社、二〇〇三.
村上春樹『若い読者のための短編小説案内』文芸春秋社、一九九七.

■第四章「紅葉」

Dabney, Lewis M. *The Indians of Yoknapatawpha: A Study in Literature and History.* Louisiana State Univ. Press, 1977.
Fergson, James. *Faulkner's Short Fiction.* Univ of Tennessee Press,1999.
Horseford, Howard C, "Faulkner's (Mostly) Unreal Indians in Early Mississippi History" in *American Literature* Vol. 64, No.2 , June 1992.
Matthews, John T. "Shortened Stories: Faulkner and Market," in Gwynn and Blotner (ed.) *Faulkner in the University.* Univ. Press of Virginia, 1959.
Skei, Hans, H. *Reading Faulkner's Best Short Stories.* Univ. of South Carolina Press. 1999.
Towner, Theresa M. & Carothers, James B. *Reading Faulkner: Collected Stories.* Univ. Press of Mississippi, 2006.

Volpe, Edmond. L. *A Reader's Guide to William Faulkner: The Short Stories.* Syracuse Univ Press, 2004.
鹿島茂『パリ風俗』白水社、一九九九・『明日は舞踏会』中公文庫、二〇〇〇・
戸矢理衣奈『下着の誕生』 講談社、 二〇〇〇・
山田登世子『贅沢の条件』 岩波新書、 二〇〇九・

■第五章「あの夕日」

Hurst, Mary Jane. *The Voice of the Child in American Literature,* Kentucky U.P., 1990.
Jones, Diane Brown. *A Readers' Guide to the Short Stories of William Faulkner,* G.K. Hall and Co. 1994.
Perrine, Laurence. "'That Evening Sun': A Skein of Uncertainties." In Studies in *Short Fiction* (Summer, 1985).
Polk, Noel. "Man in the Middle: Faulkner and the Southern White Moderate." In *Faulkner and Race: Faulkner and Yoknapatawpha, 1986.* Ed. Fowler, Doreen. & Abadie ann J. Univ. Press of Mississippi, 1987.
——*Children of the Dark House: Text and Context in Faulkner.* Univ. Press of Mississippi, 1996.
Skey, ahans H. *Reading Faulkner's Best Short Stories,* U. of South Carolina 1999.
Towner, Theresa M. & Carothers, James B. *Reading Faulkner's Collected Stories,* Univ. Press of Mississippi, 2006.
Updike, John. & Kenison, Katrina. Ed. *The Best American Short Stories of the Century.* Houghton Miffrin Company, 1999.
加藤顕洋『テクストから遠く離れて』 講談社、二〇〇四・
渡部直己（＆いとう、奥泉）『文芸漫談：笑うブンガク入門』 集英社、二〇〇五・

■第六章「納屋は燃える」

Bleikasten, Andre. *The Ink of Melancholy: Faulkner's Novels from "The Sound and the Fury" to "Light in August."* Indiana Univ. Press, 1990.
Carothers, James B. *William Faulkner's Short Stories.* UMI Research Press, 1985.
HIles, Jane. "Kinship and Heredity in Faulkner's 'Barn Burning'" *Mississippi Quarterly* Summer, 1985.

Moreland, Richard C. *Faulkner and Modernism: Reading and Rewriting*. Univ. of Wisconsin Press, 1990.
Steinbeck, John. *The Grapes of Wrath*. 1939.
Towner, Theresa M. & Carothers, James B. *Reading Faulkner: Collected Stories*. Univ.. Press of Mississippi, 2006.
Waddlington, Warwick. *As I Lay Dying: Stories out of Stories*. Twayne, 1992.
Zender, Karl. *The Crossing of the Ways: William Faulkner, the South, and the Modern World*. Rutgers UP, 1989.
今村楯夫「フォークナーと村上春樹—『納屋を焼く』をめぐる冒険」、『フォークナー』第6号、松柏社、二〇〇四、April.
加藤典弘『テクストから遠く離れて』講談社、二〇〇四.
坂井英行『村上春樹—分身との戯れ』朝林書房、二〇〇一.
佐野眞一『響きと怒り：事件の風景・事故の死角』日本放送出版協会、二〇〇五.
三宅昭良『アメリカン・ファッシズム—ロングとローズベルト』講談社、一九九七.
村上春樹『蛍。納屋を焼く。その他の短編』新潮文庫、一九八七.

あとがき

すべてのページを書き終え見直して、目に浮かんでくるのは、就任して三四年目を過ぎようとしている明治大学の駿河台と和泉のキャンパスの風景と、それぞれの年月に教室にいてくれた実にたくさんの学生諸君の姿である。この本は、その間のクラスやゼミの教室で、皆で読んだり語ったりした様ざまの話題を源泉として、そのなかから生まれてきた。

そんな風景のなかの遠景には、三〇年余り前の和泉が丘の、また記念館の傍らの、古い校舎の狭い教室の諸君の異常に熱い精気が、昨日のことのように思い浮かんでくる（そのころの一クラスには七〇人以上もの学生が詰めこまれていたし、そのうち女子学生は二人か三人だけだった）。中景には、一〇～二〇年前の和泉や駿河台の政経学部や文学部の教室の諸君の澄んだ眼差しが思いだされてくる。そして、この本の核の部分に繫がっているのは、この一〇年ほどの近景で、担当ゼミの一九期以降、特に二三、四期以降の諸君の熱心で、賑やかで、楽しい風景である。

これらの風景のなかではぐくまれた若者たちの素晴らしい発想や、それに負って私が発展させることができた思いや考えを活字に留めておきたくて、まず学内の紀要等に発表させていただいた。この本の各章はそれを基にして、少しだけ加筆修正してできたものである（掲載誌の詳細は割愛させていただく）。

そんなわけで、それらの教室に集ってくれたかつての学生の皆さん、とりわけゼミのOB／OG会（政経の「以情会」、オールメイジの「明輪会」）の皆さんに、心から感謝申しあげたい。また、紀要委員会の同僚の方々をはじめ、三〇余年間支えてくださったたくさんの同僚の方々にも。

思えば二年前、妻・操がにわかに旅立ったとき、娘の寛水が私に、「どこに行っても、たくさんのお友だちや先輩の方々、そしてOBさんや学生さんたちがいて、（父を）支えてくださっている光景が、ほんとうに羨ましいし、私たちも（そして、きっと天国の母も）安心だわ」、と言っていた。実際、今日まで、実にたくさんの師や先輩や友人に恵まれ、支えられてきた。信州の古里の幼友だちや思春期を共にした友だち、京都で青春時代を共に過ごした友人たち。そして大阪市立大学を皮切りに、東海大学、明治大学、そしていくつかの非常勤先での教師生活で、さらにまた学会や研究会で、出会うことのできたまことに多くの先生方や友人そして学生たち――この道にまずお導きくださった菅秦男先生、御輿員三先生を始めとして、これらの方々にいただいた学恩や幸運や喜びは無量である。皆々様に、心からお礼を申しあげたい。

三〇数年前、初めて翻訳書を出したとき、その発行日を妻の誕生日にしていただいていた。そして今、本書の発行が彼女の三回忌の日に当たるのも、大きな巡り合わせのような気がする。そんなふうに今日までの人生をたどり、歩ませてくれた妻には（そして彼女と共有する家族の皆にも）、あらためて心をこめてありがとうと言いたい。

そして本書をそのように作ってくださったり、また教室で使う教材の出版に際して多大なご高配をくださったりした、朝日出版社の日比野忠氏と清水浩一氏にも、厚く御礼を申しあげる。また最後になったが、明治大学の「政治経済学部創設一〇〇周年記念事業基金」から大きなご支援をいただいたことに、心から感謝申しあげたい。

池内正直

平成二一年一一月一五日

著者略歴

一九四三年　中国・青島に生まれ翌年長野県に帰国
一九六八年　京都大学大学院文学研究科修士課程修了
　　　　　　現在　明治大学（政治経済学部）教授

著　書　『はなみずき—亡妻に寄せるうた』（鶴書院）
　　　　『日英の言語・文化・教育—多様な視座を求めて』（共著・三修社）
　　　　『日英語の比較—発想・背景・文化』（共著・三修社）
　　　　『アメリカの光と闇』（共著・お茶の水書房）
　　　　『アルビオンの彼方で—20世紀英語圏の文学—』（共著・研究社）、ほか

フォークナー、もう一つの楽しみ
―短編名作を読む―

２０１０年２月５日　初版発行

著　者　池内正直
発行者　原雅久
発行所　株式会社　朝日出版社
１０１-００６５　東京都千代田区西神田　３-３-５
電話（０３）３２６３-３３２１（代表）

ISBN978-4-255-00511-9 C0098